# 让生活发现我

曾经 主编

曾国平 撰文

重庆大学出版社

心有悟今乐道
思无止今名理

# 生活的魅力

一个人，在自己的哭声中，来到了世界；匆匆忙忙走完全程，又在别人的哭声中，离开了世界。这就是人生，这就是生着、活着、生活着的人的一生。

张黎作词、徐沛东作曲、李娜演唱的《苦乐年华》真好听：

"生活是一团麻，那也是麻绳拧成的花；生活是一根线，也有那解不开的小疙瘩；生活是一条路，怎能没有坑坑洼洼；生活是一杯酒，饱含着人生酸甜苦辣。生活像七彩缎，那也是一幅难描的画；生活是一片霞，却又常把那寒风苦雨洒；生活是一条藤，总结着几颗苦涩的瓜；生活是一首歌，吟唱着人生悲喜交加的苦乐年华。"

尽管生活中有诸多不如意，但我们还是要勇敢地活下去，生活的门再沉重也得打开。

活着多好，活着才是过日子。

生活多好，生活才会有幸福。

如果你热爱生活，你会发现，生活中的明媚阳光总比雷电风雨多，幸福欢乐远比苦难悲伤多。

幸福可能会迟到，但不会缺席！这就是生活的魅力！

欢乐总会有，但要靠自己营造！这就是生活的真谛！

让我们都热爱生活吧！

让生活爱我们吧！

生活有如一面镜子，你对她笑，她也会对你笑！

怎样让生活爱我？

首先，你要爱生活。因为你热爱生活，生活才可能爱你。由于你热爱生活，你就会发现生活的乐趣和美好，你就会用心经营生活，也就会好好地去享受生活，把生活的不如意丢在脑后，并向往、追求未来那更加美好的生活。因为爱和被爱都是双向的！

其次，你要修炼自己的素养。生活有如一个美女，她要找自己的如意郎君；生活有如一个俊男，他要寻自己的称心妻子。如意、称心，根本在于你内在的素养和外化的行为。素养越高的人，美好的生活就会主动找你，并与你相伴相随，走到天涯海角，走到地老天荒，走到人生的尽头。反之，美好生活会躲起来，难以见面，或者是擦肩而过、失之交臂。因为生活之俊男美女最是钟情于素养高的人。

再有，你要提升自己的能力。爱和被爱既是双向的，更是需要有能力的。扪心自问：你热爱生活，但你有爱生活的能力吗？要生下去、活下去，是要有生存本领的；要活得好、活得滋润，更是需要有很高能力的；你要让生活爱你，你身上有让生活爱你的"可爱之点"吗？是一个"爱点"，还是多个"爱点"？

提高自己的素养与能力，你对生活的爱、生活对你的爱，才有品位、才有质量、才有价值、才有情趣！

一般人都是讲"热爱生活"，但是，曾国平教授选取了一个好像是"相逆"的话题展现在我们面前："让生活爱我"。对于曾教授这个话题的新作，我既感到惊奇，又觉得在理。能为曾教授主编这本书，是我的荣幸，也是我热爱生活的一个具体行动！

怎样让生活爱我？曾教授并没有一条一条地去论证论述，而是用了 200 句流行的精彩语言和由此产生的 200 篇散文，让我们从中去领悟其充满哲理的内蕴，感受其饱含正能量的气场，享受其鼓舞精神的食粮。

静心方可悟道，笃行始达至善。

这 200 句精彩语言，有的是曾教授自己创作的，有的则是他在演讲和写作中引用别人的。是否精彩，是否有道，读者自会感悟。

这 200 篇散文，是曾教授两年多来的心血凝就。一滴水映出了大海，一篇篇散文，让我们看到了曾教授奉献给读者的善良的心、真诚的情，也看到了曾教授是多么热爱生活，看到了生活是如此偏爱着曾教授！

生活，对每一个人都是公平的！

生活，对每一个人都是爱着的！

只要我们不亏待生活，生活一定不会亏待我们！

只要我们善待生活，生活一定会主动善待我们！

只要我们热爱生活，用自己的心、用自己的情、用自己的高素养、用自己的强能力去热爱生活，生活一定会爱我们的！

曾 经

2016 年 5 月于重庆大学城

# 目 录

# 目　录

# *1* 奇文赏析

这是东晋末至南朝宋初期伟大的诗人、辞赋家、中国第一位田园诗人、被称为"古今隐逸诗人之宗"的陶渊明的《移居二首》中的最后两句诗。

全诗是：昔欲居南村，非为卜其宅。闻多素心人，乐与数晨夕。怀此颇有年，今日从兹役。敝庐何必广，取足蔽床席。邻曲时时来，抗言谈在昔。奇文共欣赏，疑义相与析。

现在不少人认为陶渊明的"奇文共欣赏，疑义相与析"这两句诗含有奚落和讥讽的语气。人们曲解它是指故意把不通的、可笑的文字公之于众，让大家一起来贬斥，讽刺为"奇文共赏"。

其实，陶渊明移居后，有了新的邻居，他希望邻居、还有一些老朋友经常来他那里，谈谈过去的事情，人人畅所欲言；见有好文章大家一同欣赏，遇到疑难处大家一同钻研。一起欣赏奇文，共同分析疑难的文义。

奇文，是稀奇之文，也可能是古怪之文。既可能是好文章，也可能是谬论之文。大家一起欣赏，即便不入流，作反面教材也是可以的。有搞不懂的东西、疑问难解的东西，大家也可以分析讨论！

在今天，信息社会，信息大爆炸，特别是微信的开通，信息特别多，碎片化的信息特别多。其实，确实有太多的垃圾信息、无聊信息，甚至一些有害信息，那就去粗取精，去伪存真，汲取精华，共享华夏文明，这何尝不是人生一大快事！

现在获取资讯意见特别方便，在微信上与朋友（哪怕是群里那些不认识的人）一起聊上几句，请教再三，就能办到，疑义也可远隔千里万里得到分析了。

看许多爱学习的人，学到了好的东西，会在微信上与人分享、共享。大家转发一下，也能相互学习知识！

虽然也有人说微信、网络有欺骗欺诈，有负面的东西，但我坚持认为其中正面的东西居多。一是可以传递信息与知识；二是可以缓解释放人们的一些压力；三是可以让人们有一个说话的地方；四是让社会有一些讨论和舆论出口；五是让各级领导由此了解一些社情民意；六是也可以让人民由此传达一些意愿性、民意性的东西，可作为领导们决策的一些参考！

其实，高人自古就在民间。在民间，有很多能人，有很多有思想、有文化、有见解的人，思想之深邃，内涵之丰富，文采之飞扬，足见中华能人太多太多！在网上、微信上就能体现一些，甚至比比皆是！网上、微信上的东西虽然不可全信，但也有很多是有价值的，是"奇文"，太值得我们把玩、欣赏！有不少疑难问题，通过一些网络求助、微信交流，深受启发，找到了思路，找对了方向，得获解答，不亦快哉！

当然，也有一些网聊、微信聊，打情骂俏，说一些无聊的话，甚至发牢骚、抱怨埋怨，更有人谩骂攻击，无端挑剔人家、指责别人。也难怪，树林子大了，什么样的鸟都有呀！可以闲聊，但还是让正能量多一些为好！多一些知识含量和信息质量高的东西为好！因为它也反映的是中华民族的微信、网聊，也是华人的脸面！

通过网络和微信，我的确学到了不少东西，尽管碎片化了些。我也淘到了不少精彩的语言和思想，有不少内容让人受用多多，受教多多！

我整理了一些，创作了一些，并进行了自己的解读，形成了这200篇"散文"式的"奇文"，供愿欣赏之人欣赏！

感谢1600多年前的陶公渊明有这么好的诗句，特别是"奇文共欣赏，疑义相与析"这么精彩的诗句。我在教学中、演讲中多次引用陶公的这两句诗！同时，这两句诗也提醒我，在人生的旅途中，一息尚存，就要多多地欣赏人家的一些格言警句、一些妙语经典、一些思想文化，以营养自己、完善自己。

欣赏未有穷期！相析未有穷期！

# ② 思想与利剑

拿破仑说了，世上只有两种力量：利剑和思想。从长而论，利剑总是败在思想手下。

什么是思想？就是想法，用哲学化的语言表述就是有思维能力。

人与一般的动物最大的区别是什么？与植物的最大区别是什么？是"思想"！

正如十七世纪的法国思想家帕斯卡尔说过的："人只不过是一根苇草，是自然界最脆弱的东西，但他是一根能思想的苇草。"

同样是人，为什么有很大的区别、差别？成功程度、成就程度、富裕程度、幸福程度、层次水平、素质素养等的差别，原因固然很多，其中非常重要的是"思想"！思想支配行动，有什么样的思想，才可能有什么样的行动。

思想的贫乏，是一切贫乏的根源！

有无思想，也是有无能力、能力强弱的表现。

一网友曾说：世道茫茫，人如蝼蚁。生，对照着死，灭亡和寂无是一种自然规律的永恒，我们无法改变，但可以通过自己的思想去驾驭它，让生命的过程丰盈而美丽。

一个人没有思想，就没有灵魂，无异于行尸走肉。

一个人的思想能走多远，他就有可能走多远。

一个人有没有层次、水平、品位，很重要的是看他有没有思想。

思想的种类很多，政治、经济、学术、数学、经营等思想，还有毛泽东思想。我们不可能都成为思想家。但是，人人都应该有思想。

一个有思想的民族是不可战胜的！

# ③ 理想与毅力

## 理想让我飞得高远，毅力让我持续飞下去

理想，即对未来事物的想象或希望。它是人生的奋斗目标，不同于幻想、空想和妄想。

第一，必须有理想。爱因斯坦曾说过："每个人都有一定的理想，这种理想决定着他的努力和判断的方向。"苏格拉底也说过："世界上最快乐的事，莫过于为理想而奋斗。生活的理想，就是为了理想而生活。"诗人流沙河说过："理想是石，敲出星星之火；理想是火，点燃熄灭的灯；理想是灯，照亮夜行的路；理想是路，引你走到黎明。"

一个民族更应该有理想！它决定了这个民族能否自立于世界强国之林！

一个人有了理想，他的工作更有成就、生活更有质量，会飞得更高更远！

第二，有什么样的理想。我很欣赏一首诗——《理想》：鸡的理想是找把谷糠，鸭的理想是寻个鱼塘，它们看见鹰在空中飞翔，就大声猜测，吵吵嚷嚷。鸡说："一定是在云彩上建成了粮仓！"鸭说："分明是银河里有人撒网！"鹰笑了："谁只盯着自己的食盒，谁就不懂得真正的理想……"不同的人有不同的理想，不同的理想有不同的人。共产党人的理想，就是实现共产主义；中华民族的理想，就是实现中华民族的伟大复兴；平民百姓的理想，就是安居乐业，

把自己的理想与民族的理想融合起来！

　　第三，怎样实现理想？理想与现实差距很大，理想的实现很难很难。一是要确定好目标；二是要努力而为；三是要长期艰苦奋斗。实现理想的全过程都要有毅力！中华民族伟大理想的实现，则需要中华民族的每一分子，敢于担当，勇于负责，有百般的毅力，百折不挠，持续努力。

《山花》，水彩画　刘明明（2007 年）

# 4 科学与人文

## 科学是明灯，照亮航程；人文是明星，指明方向

科学重要，核心是真、实、新。人文重要，核心是爱、善、美。

实现中华民族的伟大复兴，必须把科学精神与人文精神结合起来。

科学思想像一盏明灯，照亮了整个人类社会，科学给人以力量；人文思想像一颗明星，指引人类前进的方向，人文给人以方向，为社会提供一种正确的人文导向，它关系一个民族精神的塑造，关系国运兴衰和民族的未来，关系每一个人的基本素养。

人们发现，科学越来越发达，但人类因科学而受到的威胁也越来越大。比如高度科学结晶的原子弹、激光武器、化学武器，给人类带来了什么？可能是毁灭！

人们也发现，科学并不是人类的一切！人们要问：除了科学，人类还应该有点什么？当然有，而且也很重要！

人们越来越发现：科学并不能够解决一切问题，比如上下级关系、组织人事问题，比如宗教问题、民族问题、社会问题，比如贪污腐败问题、假冒伪劣问题、欺诈欺骗问题，比如日本那种历史修正主义问题、难民问题、世界上一些国家的霸权主义、单边主义问题，比如失业问题、金融危机问题、贫富差距问题，等等。

于是，人们转而向人文、国学、传统文化找答案。

　　国人理应学国学。国学能扩大知识面，能去掉浮躁气，能实际运用，比如为人处事、经营管理；国学是中华的根、民族的魂，国学为天地立心、为生民立命、为往圣继绝学、为万世开太平；习总书记特别强调要学习和继承中华优秀传统文化；国学能提高国人的素养、层次、品位、人格、境界，而且能促进科学的良性发展。

　　把科学精神与人文精神结合起来，明确方向，照亮航程！

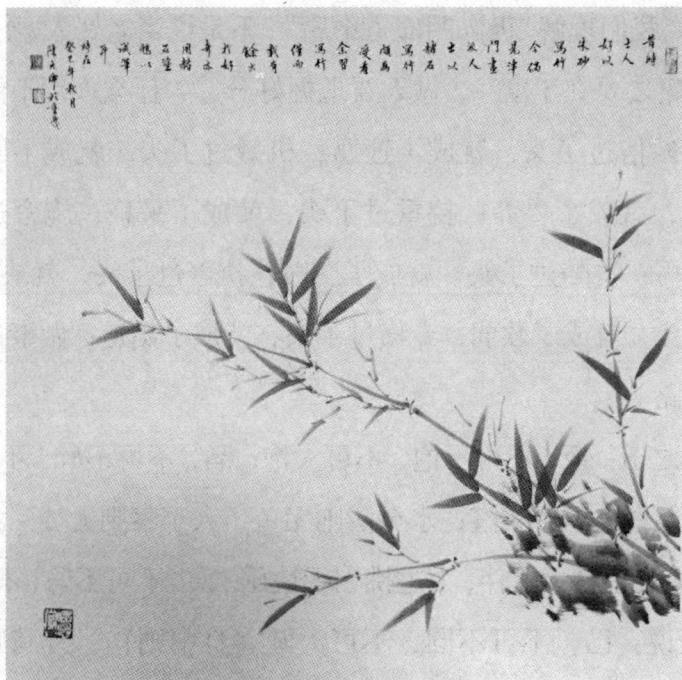

《写竹》　陈元虎（2013 年）

# 5 中庸之道

## 极高明而道中庸

《中庸》中的话："君子尊德性而道问学，致广大而尽精微，极高明而道中庸。"这可是"中庸"的总纲。

君子所为：既要有高明的理想，又要有合于中庸的行为，把不偏不倚和恒久不变的本性作为修养的途径。

今天，我们理解"极高明而道中庸"，不是说当老好人，不说好歹，而是"中庸之要在于度"，做人要把握好分寸，什么事都不能过头。有人说：诚信过了头，就成了迂腐；机敏过了头，就成了圆滑；勇敢过了头，就成了鲁莽；持重过了头，就成了呆板；施舍过了头，就成了乞丐；贪婪过了头，就成了腐败；执着过了头，就缺少心眼；善良过了头，就成了软弱；专横过了头，就成了霸道；做事过了头，就走上绝路。

中庸之道：饭，不可不饱，不可太饱；酒，不可不醉，不可大醉；事，不可不察，不可太察；水至清则无鱼，人至察则无徒。太过精明无朋友，太过苛刻无伙伴，太过挑剔无快乐；人，不可不防，不可太防。

有人说：己，不可不圆，不可太圆。日中则移，月满则亏。做人三分傻，不可太圆滑。外圆内方，方圆有度，才是处世之道，才是为人处世的法宝！

有人说：规，不可不从，不可太从。规章制度面前，必须不折不扣地遵循。但是，没有主见地一味跟风，不加分辨地随意苟同，

《写竹》　陈元虎（2016 年）

没有原则地随波逐流，势必丧失做人的起码准则，没有了一点灵活性，就会沦为"太从"的奴隶。

　　有人说：节，不可不傲，不可太傲；人不可以有傲气，但不可无傲骨。做人要有个性、有骨气。当然也不可太傲，特别是有一定能力和才气的人，不要恃才傲物，不要认为离了自己地球就不转了。要知道，世界上没有谁不可替代。要随和、大度、宽容，于浩然正气中透出温情敦厚、质朴无华。

# 6 心与灵魂

## 让心与灵魂一起上路

印第安人有一句名言："如果我们走得太快，要停一停，等待灵魂跟上来。"

有一个国外的故事：有一群波希米亚人，与其他劳动人民一样勤劳、勇敢。但有一点不同，他们总是热情高涨，把劳动看成是快乐而不是压迫。一天，一位德国旅行家行走在沙漠上，迎面就碰到这样一队人。令他不解的是，为什么每走一小段路，他们就要放下行李休息一会儿。于是，旅行家上前询问原因。他们的回答声不很响亮，却很清楚："因为我们走得快，而我们的灵魂走得慢，我们要停下来等待灵魂赶上我们，不至于让它落在后头……"

现代社会，科技日新月异，发展迅猛异常。互联网、物联网、云计算、大数据、大改革、大开放、万众创新、大众创业，整个社会万马奔腾！

每个人呢！追求成功、追求优秀、追求卓越，工作、生活、学习的节奏越来越快，速度越来越快，效率越来越高。

这是社会在进步、在发展，人们在"上路"，在"路上"。

但是，与此同时，社会、人们不但要关注物质的获取，更要重视心灵生活、精神生活的发展，如：乐观、豁达、博爱、奉献、清静无争、淡泊名利。不能失去自我，不能在"路上"匆匆忙忙行走，

《春之祭》，布面油画　王嘉陵（1990 年）

而忘记了自己的心和灵魂还没有带着一起上路。

　　波希米亚人告诫德国旅行家的话，给每天忙碌赶路的世人一个温馨的提醒：慢慢走、欣赏啊！我们生活的终点究竟在哪里？生活的目的究竟是什么？什么才是真正的快乐？"带着灵魂上路"，让心和灵魂寂静！

13

# ⑦ 微笑与爱

## 微笑力量最大，爱能战胜一切

2007年8月的一天晚上，偶然打开电视机，看到了中国电影最高奖"华表奖"第12届颁奖大会正在颁奖。

见到了一些许久未在电视上露面的老演艺家：王心刚、王晓棠、张瑞芳、谢芳、秦怡、于洋等，我感到特别亲切。要知道，我们这一代人，都是看着他（她）们参演的电影长大的。

大会一共颁发了50个奖项，最后一个大奖是"中外合作奖"，颁发给电影《霍元甲》。

霍元甲的扮演者李连杰上台领奖。主持人向李连杰提出了这样的问题：您扮演了那么多的武林高手（霍元甲、黄飞鸿、方世玉等），他们哪个武功最高，都能打败谁？

这是一个很不好回答的问题，因为那些武林高手都不是同一时代的人，相互没有交过手，怎么知道谁能打败谁，如同相声"关公战秦琼"一样。

只见李连杰听了后，面带微笑地说了两句话："微笑力量最大，爱能战胜一切。"

整个晚会我几乎什么都没有记住，就记住了这两句话，而且印象特别深刻。

后来，我把李连杰这两句话引用到我的书里，并在多次演讲中引用。

　　李连杰先生自从 1982 年主演电影《少林寺》一炮而红后，奉献了许多优秀的电影作品，而且成为了国际影星。他成立了"壹基金"，组织很多人从事慈善活动。我国很多自然灾害救援现场都能见到他和他的基金会的慈善行动，他把爱奉献出来了，力量最大！

　　当人人都献出一点爱，这个世界将变得更精彩！

　　当人人都面带微笑，这个世界一定很和睦和谐！

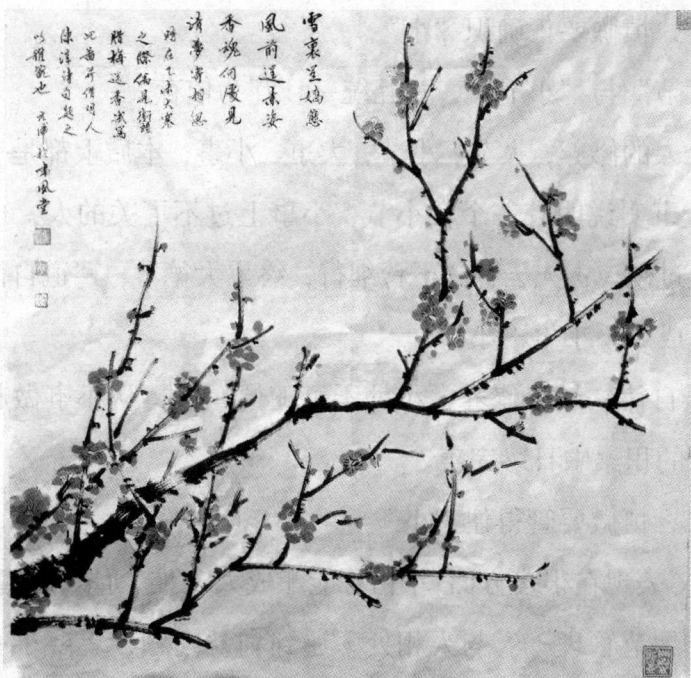

《腊梅》　陈元虎（2015 年）

# 8 慎微慎独

刘安在《淮南子·人间训》中说："圣人敬小慎微，动不失时。"

慎微：如何对待身边的小事，无论是小恶还是小善；其意为认真重视和正确处置细小的事情。

慎微告诉我们，要善小。

第一，慎微要正确识"小"。

"大节"与"小节"，相互统一、互为依存。

一个人的修养，大节、小节，大事、小事，本质上都是一样的。

无数事实说明，一个在小节、小事上过不了关的人，也很难在大节上能过硬。古人云："不矜细行，终累大德"，"道自微而生，祸自微而成"。小事不小！

严于自律，加强修养，小处不可随便，坚持从小事做起，并在持之以恒的积累中日臻完善。

第二，慎微要管得住"小"。

"小"表现在很多方面，小错可能酿成大灾难。所以，在管理学中，很强调"细节管理"。与人相处，遇到利益问题，更要小心行事。特别是与权力结合在一起的小事，件件都可能是大事。"巴豆虽小坏肠胃"就是这个道理。还要自纠"恶小"，如小缺点、小错误。防微杜渐，不因恶小而为之。

习近平同志也指出："于细微处见精神，于细微处也见品德。小事小节是一面镜子，能够反映人品、反映作风。小事小节中有党性，有原则，有人格。"

古人云："堤溃蚁穴，气泄针芒。"大多数腐败分子是从不注意小事小节逐步走到腐化堕落境地的，所以"小事当慎，小节当拘"。

第三，慎微要勤为善"小"。

勿以善小而不为。"小事"不小，小事连着大事。做不了小事、做不好小事的人，怎么可能做大事？而且也不可能人人都做大事。做小事的毕竟是多数，大家都做自己的小事，就成了我们民族的大事。特别是大学生们，毕业后一定要沉下来，从小事做起！特别是领导干部，一定要为群众做好一件件小事，因为"群众利益无小事"！

"慎独"的思想概念最早是由庄子阐述的，后来被儒家发展为一个重要概念。

慎独，语出《礼记·大学》："此谓诚于中，形于外，故君子必慎其独也。"

《礼记》有云："莫见乎隐，莫显乎微，故君子慎其独也。"

三国时魏国的曹植在《卞太后诔》中有言："祗畏神明，敬惟慎独。"

《官场现形记》第二十回："我们讲理学的人，最讲究的是慎独工夫，总要能够衾影无愧，屋漏不惭。"

李劼人的《大波》第一部第一章："在这种不开通、不文明的地方，身当人师的人，哪敢不慎独？"

《辞海》："在独处时能谨慎不苟"。即在独处无人注意时，自己的行为也要谨慎不苟，符合道德规范。要严格控制自己的欲望，不靠别人监督，自觉控制自己的欲望。

慎独是一种修为境界，讲究个人道德水平的修养，看重个人品行的操守，是个人风范的最高境界。

习近平同志多次讲了慎独，特别是针对党员干部谈得最多。

习近平同志讲了："党员干部要'慎独'。党员干部特别是领导干部手中往往掌握一定的权力，不仅要主动接受组织、制度的监督，而且还要不断加强自律，做到台上台下一个样，人前人后一个样，尤其是在私底下、无人时、细微处，更要如履薄冰、如临深渊，始终不放纵、不越轨、不逾矩。"

"当官做领导，手中握有一定的权力，因此在钱财、名利问题上犯错误的可能性总会比一般人大。如果平时不刻意'慎独'，不注意防范'找上门来'的错误，老是怀着侥幸心理去为不可为之事，非栽跟斗不可。"

其实，不仅是领导干部，社会中每一个人都应该"慎独慎微，勤于自省"。

# ⑨ 多多尊重

## 无条件地尊重别人

名句道之：敬人者，人恒敬之。

当你尊重尊敬别人时，别人也会尊重尊敬你的。

尊重别人是一种美德，也是一种幸福。

你尊重别人，别人幸福了，自己也会感到幸福！

尊重尊敬，它不是用来交换的——"我都尊重你了，你得尊重我吧？""你必须尊重我，我才尊重你"。

尊重别人，是不需要理由的，也是没有条件的，这样的尊重，才真正称得上"尊重"，是一种高贵的、令人敬佩的"尊重"。

我们这个社会，太需要尊重了！太需要无条件无理由的尊重了！

老师认真备课、认真讲课，这是对学生的尊重，这需要条件和理由吗？

学生坐在教室里，就应该认真听课、认真学习，这需要条件和理由吗？

医生对患者尽心尽力诊治，救死扶伤，这是不需要任何理由和条件的！

同样的，患者对医生也需要无条件无理由的尊重，尽力配合诊治。

同样的，领导对部下、部下对领导，司机对乘客、乘客对司机，父母对儿女、儿女对父母，厂商对顾客、顾客对厂商等，都应该无条件无理由地尊重。

就是不认识的人，陌生路人，甚至是反对过自己的人，也应该尊重他！

对敌人也要无条件无理由地尊重吗？一位伟人说了，感谢我们的敌人，他使我们更坚强。这里的"感谢"，可能就有一种别样"尊重"的意思！

我对别人尊重了，而且还是无条件无理由地尊重了，换来的并不一定是同等尊重的回报，甚至有可能是误会、指责、攻击，但是，这丝毫不能改变我们的"尊重心"，因为，你无条件无理由地尊重别人，这是你与生俱有的权利和义务，且相伴终生。

于是，我们提倡，"对每一个人都说一声'谢谢'！"

# ⑩ 发言与倾听

## 站起来发言需要勇气，坐下来倾听也需要勇气

人际沟通中，倾听非常重要，它同样需要勇气。为什么？

听别人的演讲、课程、谈话，你坐得住吗？浮躁吗？能够静心听吗？特别是有的演讲并不怎么精彩，你还有勇气坐下去吗？

古希腊的大师苏格拉底说了：上帝给我们两只耳朵、一张嘴巴，就是让我们用两倍于说的时间去听。

特别是当领导的、当医生的、当学生的，听、倾听，都是一门基本功。

不少心理医生的绝招，就是对一些心理障碍患者进行"话疗"，也就是引导他们不断地多说话，心理医生静静地听，从而有效地缓解心理障碍。

所以，有人说，倾听是沟通的第一艺术。

倾听需要勇气，也是有技巧的。

第一，要明确倾听的目的。

第二，对别人讲的东西，饶有兴趣地听。

第三，听别人讲话时，聚精会神。

第四，一般不要打断别人的讲话，但可以采用合理的方式打断。

第五，听的过程中，可以积极回应，比如说一些感叹词。

第六，准确理解别人讲话的内容，特别是言下之意、弦外之音。

《亭亭美人心》　陈元虎

第七，听完再澄清。

第八，用耳朵以外的东西听，如用"心""眼""脑""神"来听，这就是真正的倾听。

第九，学会沉默。

第十，适当、适度、适时提问。

# ⑪ 做人要善良

> ## 人可以不伟大，也可以不富裕，还可以不漂亮，但是，不能不善良

类似于这样的社会语言流行得比较多，我在演讲中多次引用。

伟人并不多，伟人善良就更难得。如果伟人们是善良的人，有善心、善行、善举，那就更显其伟大，更让人敬仰。

富豪也不少，富豪如果善良，多做善事，多做慈善，就不会给人"为富不仁"的印象，就更让人敬重！而且，他也会在富裕的路上越走越远，越走越好。因为好人有好报，做了善事，别人也会多多地给他捧场。

俊男靓女很多，外在的美丽、漂亮，如果再加上一颗善良的心，做一些善良的事，多多地帮助别人，那就是外在的漂亮、美丽和内在的心灵美高度统一了。

社会主义核心价值观，3个层次（国家、社会和个人），一共24个字，12个方面。个人方面的核心价值观包含4个方面：爱国、敬业、诚信、友善。

北京某大学教授、作家梁晓声更是明确指出：文化，就是要替别人着想的善良。

让善良成为人们的常态！笃行始达至善！

善人善事善行为，天佑地佑世人佑！

# ⑫ 常怀敬畏心

## 心存敬畏，行有所止

这是我在演讲中多次引用并品味无穷的曾国藩的一句话。

每个人都有一颗心，不能"没心没肺"。

正常的人，都应该怀着一颗敬畏心，而且要常怀敬畏心。

有了敬畏心，党政领导会勤政廉政，爱民如子，为执政作贡献，为民生尽全力，当一个人民的好公仆，当一个好官。

有了敬畏心，企业家会诚信经商，不会生产假冒伪劣产品，会时时把广大消费者挂在心上，尽量满足客户的需求，成为一名优秀的企业家。

有了敬畏心，员工会立足本职，爱岗敬业，用心做好每件事，对本职工作尽职、尽责、尽心，成为优秀员工。

人人都应该敬畏点什么！

过斑马线，敬畏红灯；

开车驾驶，敬畏交规；

医疗护理，敬畏患者；

课堂教学，敬畏师德；

就算是听课听演讲，也要敬畏纪律，不能做"低头一族"：一直在下面玩手机……

敬畏国法、敬畏党纪、敬畏人民、敬畏组织、敬畏公民守则、敬畏员工守则、敬畏乡规民约、敬畏领导、敬畏部下、敬畏同事、敬畏家人、敬畏自己的良心！

由于常怀敬畏心，其行为就会有所节制，就会自律。

# 13 优秀与习惯

## 让优秀成为一种习惯

人人都渴望优秀，无论是皇帝、国王，还是大臣、百姓。

领导希望部下优秀，部下希望领导优秀，家人期盼亲人工作优秀，社会尊重优秀的人。

优秀的人，机会更多，道路更宽，舞台更大，平台更广，通道更畅，前景更敞亮。

优秀的人，更能赢得尊重，更加自豪自信，更有尊严价值，走路时腰板也是直的。

做优秀的人，是对父母最大的孝顺，是对儿女最大的疼爱，是对自己最大的尊重。

怎样才能优秀？大师季羡林先生说了，有成就者优秀。

怎样才能有所成就？季羡林先生又说了，一个人生在世间，如果想有所成就，必须具备三个条件：才能、勤奋、机遇。

我在演讲和所写的书中也谈到了优秀的三个条件：责任、能力、业绩。

我还讲到：让优秀成为一种习惯，优秀要做好"一点点"。好一点点，可能就优秀起来；差一点点，可能就走向优秀的反面去了。而且还要坚持优秀，当优秀成为一种习惯了，就会有好习惯，比如，开会、上班、学习，就不会迟到、早退，就不会玩手机，就会认真负责。习惯成自然，自然就美，优秀就成为"常态"了。

# *14* 努力与收获

> ## 不是每一次努力都会有收获
> ## 但每一次收获都必须努力

人的一生，都想有所收获，都想成功。

农民种庄稼，想有好收成；工人做工，想有好产品；企业家搞投资，希望有好回报；学生读书，希望有个好前程……

为了好收成、好产品、好回报、好前程，大家都努力去做。

但努力了，不一定就有收获！

天灾人祸，可能使农作物颗粒无收；意外事故，可能使产品全部报废；意外风险，可能使投资没有回报甚至亏损；方法不对，没有学到多少知识，可能前程不理想，等等。

而且，有人讲，我们自己想要的东西也是我们身边大家都想要的东西。于是，东西少，而想要的人多，可能大家都在努力去做，不断想办法去争取收获，这就使有所收获的条件变得越来越难，也就造成了你想多获得哪怕一点点你所要的东西，都要付出更大的努力，而且即使付出很大的努力，还不一定有所收获。

但是，不能因为努力并不一定有所收获而使其成为不努力的理由。

努力了，可以聊以自慰：虽然没有成功，但我毕竟努力了、尽力了，而且，至少还有一点成功、有所获的希望。

如果不努力，连成功、有所获的希望都没有。

　　别人的每一次收获、我自己的每一次收获，后面都是辛劳、苦累、付出、努力的结果！

　　"天下没有免费的午餐""天上不会掉馅饼""少壮不努力、老大徒伤悲""有志者，事竟成，破釜沉舟，百二秦关终属楚；苦心人，天不负，卧薪尝胆，三千越甲可吞吴"，都是这个道理。

　　收获一定是努力的结果。你今天的辛苦努力，对他人可能是一种奢望！

# 15 希望与坚持

> **不是因为看见希望才坚持**
> **往往是坚持了才看到希望**

人们都是生活在希望中的，没有了希望，就可能绝望。

因为有了希望，工作、生活、学习才有劲头，于是，就坚持努力而为。

在很多情况下，为什么希望会落空？一是期望值太高，不切实际。期望越大，失望可能也越大。二是希望也还好，期望值也比较符合实际，但是，不愿意付出，不愿意去做。空想一大套，希望当然就会落空。三是有了希望，有了动力，也愿意去做，但是坚持不够。半途而废，希望也落空了。

目标希望，加上努力坚持，就会获得成功！

看见希望了，当然应该坚持下去；而在很多情况下，几乎没有希望，希望渺茫，许多人就放弃了，结果，什么希望都没有了。

有一线希望，就要百倍努力，就要一直坚持！

没有希望，也需要坚持。

第一，你认为没有希望，但恰恰本身是有希望的，只不过是你错看了希望，自己失去了希望。

第二，没有坚持，往往是因为陷入了绝望之境。其实，绝望不等于没有希望，许多希望往往就孕育在绝望之中。

　　1974 年我下乡当了知青，第一天晚上，独在冷清的知青屋里，面对一盏煤油灯，我在想，什么时候能够离开，希望在哪里？第二天，我自己用毛笔写了一个条幅挂在墙壁上："贵在坚持！"后来，这四个字一直激励我努力下去。

　　现代京剧《沙家浜》中，18 个伤病员在芦苇荡里被日伪军包围，没有粮食，没有药品，伤病员伤口恶化，群众也不能来送粮送药，极度困难。这时，指导员郭建光鼓励战士们说了一句话："胜利往往就在最后的坚持之中！"

　　坚持了，绝望就变成了希望；坚持了，希望就在前头！

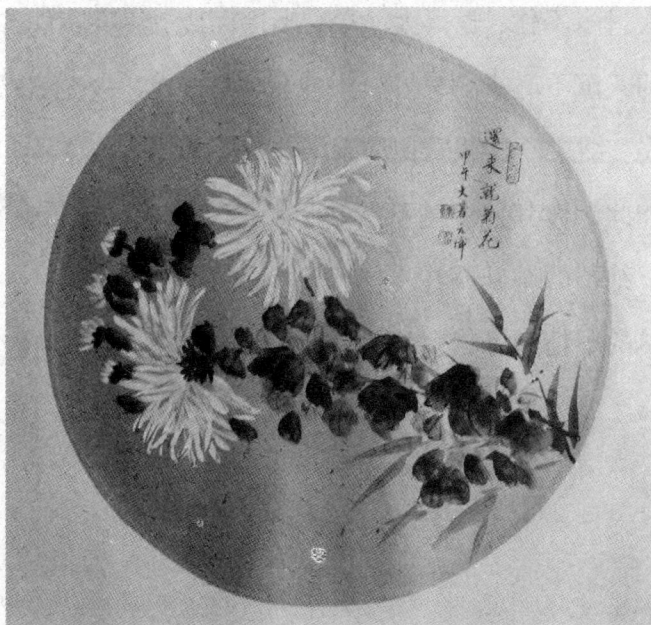

《还来就菊花》　陈元虎（2014 年）

# 16 简单与绝招

## 简单的招数练到极致就是绝招

习武的人，都想有一个或几个致胜的绝招。

经商的人，也希望自己有几个竞争的绝招。

绝招是从哪里来的呢？不是天上掉下来的，也不是地下冒出来的，更不是一个人与生俱有的，它一定是历经千辛万苦练出来的。

习武的人还知道，初练武，师父总要让弟子去提水、扫地、扎马桩。而且，这些简单的东西，要弟子很认真地去做，一做就是很长的时间。

有的人忍耐不住，觉得太简单，半途而废，终究不能练成绝招。

而有的人沉下心来，坚持不懈，把简单的东西一丝不苟地做下去，练到了极致。结果，这些看似简单的东西，却成了绝招。

习武如此，做其他事莫不是如此。

而且，绝招的基础就在于这些简单的东西。

把简单的事情做好，就不简单！做到极致，就是绝招！

# (17 艺术与绝活

> **什么事情一旦做到艺术的份上**
> **就意味着绝活的诞生**

方法与艺术，既有区别，又有联系。

方法，就是方式、法子、办法、手段、措施。俗话说得好，就是过河的桥和船。

艺术，就是人们用想象和情感把握世界的一种特殊的方式。

方法是艺术的基础、载体，艺术是方法的创新创造与突破。当方法使用得非常娴熟、出神入化了，让方法升华，这时，方法就上升为艺术了。

方法容易掌握，但艺术的顶点却很难攀登。

首先要掌握方法，学习借鉴别人的方式方法，创新创造自己的若干方法，再把方式方法熟练地运用，进而上升为艺术，这样，绝活也就产生了。

一个人，在工作、生活和学习中，能掌握并运用好一些方法，他的工作、生活和学习一定会做得好。

一个人，在工作、生活和学习中，能够将方法升华为艺术，他的工作、生活和学习一定很出色。

一个人，在工作、生活和学习中，如果掌握了绝活，并运用之，他一定是一个出类拔萃的人。

# 18 成长与扎根

在成长中追求成功，是人人都知道的道理。但是，怎样才能成长？非常重要的一方面是要先学会扎根！

向下扎根，才可能向上结果！

早就听说过一个故事：

在人们治沙的过程中，有一个人在沙丘上栽植了一片小树苗，他经常给这些小树苗浇水，这些小树苗长势很好，郁郁葱葱，喜人得很。

另一个人也在沙丘上栽植了一片小树苗，但是，他很少浇水。结果，这片小树苗长势不太好，蔫蔫的，与浇了水的小树苗大不相同。

路人都夸浇了水的树苗长得好。

一段时间以来，一个人坚持经常为树苗浇水，另一个人则很少浇水。

又过了一段时间，树苗长大了一些。

有一天，沙漠"大风起兮云飞扬"，狂风过后，人们惊奇地发现，经常浇水的那一片树苗大都被大风连根拔起；而不太浇水的那些树苗，则大都好好地长在沙地里。

人们很是好奇，谜底在哪里呢？经常浇水的树苗，根系较浅，经不起大风吹；而很少浇水的树苗，只有把根深深地扎下去，才能吸收到水分，根深蒂固，暴风也难吹倒！

做人、做事、做学问、做企业、搞管理、当领导，道理也是一样的，要想成功，先要深深扎根，把基础打牢，才可能成长、成长得好！

# ⟨19 常态与变化

## 人生的常态是变化

常态，固定的姿态。即平常的、正常的状态、本来的状态、时常发生的状态。

人生的常态是什么？有太多太多的答案，比如，走弯路、本性难移、喜怒哀乐、孤独、寂寞、犯错、麻烦、等待、盼望、失败、被拒绝、学习、阅读、迷茫、无常、缺失感、平凡、研究、幸福、苦难、亲情、离合、悲欢、独行、赚钱、迷惘、奉献、自私、曲折、变化，等等。

变化是非常重要的人生常态！

一次高中同学聚会，大家都是 60 开外的人了。有的人已经 40 年没有见面了，有同学见了我，看了一阵，冒了一句："国平，您一点儿都没有变！"我说："40 年没有变，那不成了妖怪了！"这只是开的一个玩笑！

世界是变化的、运动的、联系的、发展的！万事万物如此，人，又何尝不是如此呢？

年龄在变、外貌在变、身体状况在变、知识在变、能力在变、阅历在变、爱好在变、口音在变、朋友圈子在变……一切都在变！

人生的常态就是"变"！

第一，要适应变化。头发白了、眼睛花了、耳朵听不清了、动作慢了，那都是正常的。互联网了、支付宝了、云计算了、大数据了、QQ了、微信了……新常态了、供给侧了，变得来我们可能都不认识世界、社会了，甚至自己也不认识自己了。但不管怎么变，我还是我，万变不离其宗，顺应、适应，摆平自己！

第二，投入到人生的变化之中去，积极地、能动地在变化中获得新生。在变化中找到自我，特别是找到自我的位置，找到自我的方向，在变化中完善自我，在变化中成为一个更加"高大上"的自我，成为一个更加平常平凡的自我，成为一个自己更加喜欢自己的自我，成为一个他人、社会更加喜欢的自我！

让它变吧！"千磨万击还坚劲，任尔东西南北风"，越变越好吧！

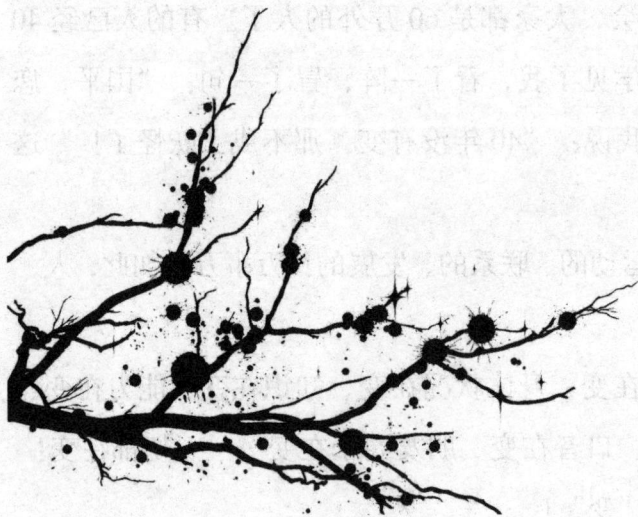

# 20 时光与伟人

## 如果让时光倒流，一半的人都会成为伟人

关于时光，国内外都有很多名言。

马克思讲：一切的节约都可以归结到时间的节约。

毛主席在《满江红·和郭沫若同志》中写到：多少事，从来急；天地转，光阴迫。一万年太久，只争朝夕。

大师彼得·德鲁克认为：时间是最高贵而有限的资源。

有人系统地讲：

医生说："时间就是生命。"

商人说："时间就是金钱。"

教师说："时间就是知识。"

学生说："时间就是本领。"

军人说："时间就是胜利。"

农民说："时间就是丰收。"

工人说："时间就是贡献。"

作家说："时间就是灵感。"

哲学家说："时间就是思考。"

革命家说："时间就是奋斗。"

改革家说："时间就是效率。"

实业家说："时间就是效益。"

科学家说："时间就是创新。"

运动员说："时间就是纪录。"

朋友说："时间就是邂逅。"

从小就熟悉中国的一句俗语：一寸光阴一寸金，寸金难买寸光阴。

法国一著名牧师讲了这段话：如果让时光倒流，一半的人都会成为伟人。

孔夫子在河边，看见河水不停地流去，发了感慨："逝者如斯夫，不舍昼夜。"

今天，人们与孔夫子一样，也用水流一去不复返比喻流逝的时光。

时光不会倒流。如果把倒流的时光用得好，一半的人就会成为伟人了。但是，假若时光真的会倒流的话，我用倒流的时光做什么呢？怎样才算用得好呢？有很多重要的答案：

用倒流的时光读书、学习；

用倒流的时光把本职工作做得更好；

用倒流的时光去做更有意义的事；

用倒流的时光改正我的不足与过错；

……

时光不会倒流。关键是要抓住当下，珍惜当下的一分一秒，这总比事后再去唏嘘后悔好得多。

# 21 时间与收获

时间，就是事件从发生到结束的间隔。时间是一种存在、一种资源、一种心态、一种感觉、一种拥有、一种失去、一种心境。君听说：愁闷恨更长，欢愉嫌夜短。时间是一个常数，供给没有任何弹性。

做任何事、动作、行为都需要时间，可用时间来评判事、行为、活动是否合理，其价值所在。我们一直都在抱怨时间，忙的时候觉得时间太少，闲的时候又觉得时间太多。

合理有效地支配、安排、利用好时间，撒好时间的每一张网吧！

提高效率，在同一时间内做更多的事，在一件事上花更少的时间。

把有限的时间投入到更有价值的活动中去，从而让自己的时间更加有价值。

审视一下，哪些活动最有价值？最为有益？

有益于身体健康和生命延续的，当然是最有价值的，要舍得撒网！

有益于学习知识、提升能力的，属于最有收获的，值得撒网！

有益于孩子的教育培养的，最有价值和收获——儿孙才是你最大的财富，必须撒网！

有益于目标的达成、任务的完成，必须撒网！

把有限的时间投入到你个人的、组织的目标上去：所有目标都是有时间限制的，所以时间的分配都应该与目标相契合，所有的价值和收获都是以时间为基础的。

撒好时间之网，要学会利用最紧缺、最稀缺的资源，要明白把时间花在什么上最好。

先问收获，再问耕耘，再去撒网！立足当下，正视我们所做的每一件事情都是为了未来。今天撒好时间网，明天收获鱼满舱！

《花卉图》　陈元虎（2015 年）

# ( 22 赢在持续

## 要想赢，一定要比别人跑得久

人生的道路漫长又漫长，"路漫漫其修远兮,吾将上下而求索"！

漫长的人生路怎么走？要起好步,要走好,走好人生的每一步！

我在作报告时曾经多次问过听众：人生的哪一步最为关键？

有人说，起始的那一步。千里之行始于足下，不起步，哪能走好？哪能走好每一步？

有人说，每一步都关键。只要有一步走得不好，整个人生都可能给毁了。

有人说，走得不好那一步才关键。因为你走得好的每一步，你自己并不觉得它关键，并没有感觉到它有多么重要。当你经历了走得不好的那一步，可能输个精光："棋错一着，满盘皆输！"

我们认为这些道理都是对的！其实，漫步人生，除了起始那一步、每一步、走错了的那一步这些关键的以外，就是要可持续地走下去、跑下去，可持续地走好、跑好！"比别人走得久、跑得久！"

人生就像长跑，就是长跑，不在乎你在长跑途中跑得有多快、动作有多潇洒优美、有多风光，而在乎你有没有跑完全程，如果你不能跑完全程，不能到达终点，就没有胜利的可能，要想赢也是空想！

长跑比赛中，你经常能见到人人都想跑赢，竞技比赛嘛！有的

《家乡：九龙坡》，水彩画　刘明明（2007 年）

运动员一开始跑得很快，一马领先，甚至遥遥领先，但到了中场，到了冲刺阶段，后劲不足，就败下阵来。

与短跑不同的是，长跑更要看耐力、毅力，更要看身体素质，更要看心理素质，更要看你全过程的表现力。

# ㉓ 走好选择之路

## 自己选择的路，跪着也要走完

人的一生，就是选择的一生。

任何选择都可能有多重结果。

任何选择最终要么获得好处，要么付出代价！

不可能不选择，但一定要对自己的选择负责！

选择了他（她）做终身伴侣，当然就要对婚姻负责任，力争把婚姻之路好好走下去。

选择了生孩子，一个、两个，甚至多个，就要对孩子负责任，言传传得妙，身教有高招，环境营造好。

选择了一个专业、一所学校读书，就要对自己的求学之路负责任，学业要做好，学历要拿到，品格修炼好，知识面要充分扩展。

选择了到一个组织就业，只要在这个组织一天，就要对这个组织负责任，爱岗敬业，做好本职工作，走好职业生涯路。

选择了在体制内当领导，就要对党和人民负责任。要知道，赚钱、赚大钱不可能，更不能奢华，勤政廉政为第一要务，要好好地走完领导履职的全程。

问题是，有的选择事前并不知道是对的还是错的，而且也不知道这种错误的选择在今后要付出多大的代价。怎么办？有的可以重新选择，重新选择时要注意"前车之鉴"；重新选择后仍然要对自己的选择负责任，不能一而再再而三地把选择当儿戏（特别是在婚姻问题上）；第三，自己选择的路，一旦不可能再重新选择了，没有选择的余地了，那么，就负责任地走下去吧，哪怕是跪着也要走完！

# 24 温度与温暖

温度计量出来的叫温度
温度计量不出来的叫温暖

网上淘得有关"一字之差"的一段话，觉得很有哲理：

证件上印出来的叫作文凭，证件上印不出来的叫文化；看得见的自大表情叫傲气，看不见的自尊底线叫傲骨；温度计量得出来的叫温度，温度计量不出来的叫温暖；蜡烛点得燃的数字叫岁数，蜡烛点不燃的数字叫岁月；还能尝得到的味道叫回味，已经尝不到的味道叫回忆。

其中，我很喜欢"温度计量出来的叫温度，温度计量不出来的叫温暖"这句话！

温度的高低，可以用温度计量度出来，但是，温暖不是用温度计能够量度出来的！有温度不一定有温暖，但有温暖一定有温度！

一个社会、一个城市、一个地区、一个组织、一个班级、一个家庭，人与人之间，有温暖、有温度。

比如，人人都献出一点爱，人间就变得更精彩，那是温暖的。爱心、爱意、爱行，是多少度，用温度计岂能量度出来？

比如，人人都能帮助别人，以助人为乐，那是充满温暖的。诚心诚意地帮助别人，是多少度，哪里能够用温度计量度得出来？

比如，人人说话都能从对方的角度出发，体谅别人，好言一句三冬暖，去除恶语伤人六月寒，那是温暖多多的。温馨的语言有多

《巴黎的早晨》，水彩画　刘明明（2002 年）

少度，又岂是用温度计能够量度出来的？

　　其实，献出爱、助人为乐、良言好语，都是温暖的，某种程度上讲，既是不能用温度计量度的，又是能够用温度计量度的，因为每个人都是一个温度计，"天地之间有杆秤"，天地之间自有人情冷暖的温度计。

# 25 生活与故事和诗

## 生活还应该有故事和诗

生活应该有些什么？一千个人眼中有一千个哈姆雷特。不同的人，生活环境不同，生活阅历不同，对生活的感悟不同，得出的结论也是不同的。

高晓松经历了一段人生的曲曲折折后，悟到了他妈妈教育他和他妹妹的话："生活不只是眼前的苟且，还有诗和远方。"生活就是要去追寻远方，能走多远走多远；走不远，一分钱没有，那么就读诗——诗就是你坐在这儿，它就是远方。

我要说，生活还应该有故事。

生活的故事有人物、有情节、有经过、有转承、有离奇、有平淡、有高潮、有低谷，这些故事，每个人都有很多很多。每个人都在写着自己生活的故事，这些故事是写出来的，是真实的；也可能是虚构的，是幻觉式的。无论如何，每个人都应该把自己生活的故事写好，还要讲好自己的故事。自己既是这些故事的作者，也是这些故事的读者，还是这些故事的传播者、传承者！

生活还应该有诗。其实，生活本身就是诗！

诗有格律、有押韵、有平仄；诗言志，诗传情；诗有意境、有浪漫、有联想、有故事！生活如诗，有诗的清雅，有诗的豪迈，有诗的静谧，有诗的恣意。

生活之诗因追求而富有节奏，主旨鲜明。生活如诗，追求的更是真善美！

生活之诗因尽情而诗意浓郁，乐观向上。生活如诗，追求的应是正能量！

我们的生活体现了我们所写诗歌的品格：诗如斯人也！

当每个人不断地写好自己生活的故事、不断创作出自己生活的诗歌并讲好自己生活的美妙故事、吟颂出自己生活的优美诗句时，就走向了我们生活的远方！

诗人汪国真说了："人虽然是哭着生，却一定要笑着活。"这也许就是生活的故事和诗！

# (26 高山与长路

这是 2015 年已故诗人汪国真的诗句。

年轻时，我就喜欢汪国真的诗，尽管诗学界对他的诗评价不高，但我仍然喜欢。而且，习近平同志近年来好几次引用了汪国真的诗句，包括这两句。

再高的山，只要我们不畏艰险，勇于攀登，我们就能上得山顶："山高我为峰！""无限风光在险峰！"

再长的路，只要我们勇往直前，坚持前行，我们就能到达目的地。"嘴是江湖，脚下是路。""只要前进就没有到不了的彼岸！"

一个人如此、一个组织如此、一个国家也是如此；做人如此、做事如此、做事业也是如此。改革如此、开放如此、发展也是如此。

我们会遇到很多很多的困难，我们会面临许许多多的风险，我们会陷入一次又一次的危机，这些困难、风险和危机，就是高山，就是险峰！

我们发展的路很长很长，我们改革开放的路还很远很远，包括国家进行着的反腐败行动，不也是"只有逗号，没有句号"吗？不也是永远都在进行中吗？

其实，要实现中华民族的伟大复兴，要实现中国梦，难度很大，困难很多；我们每个人的工作、生活、学习，也会遇到这样那样的艰难险阻，我们该怎么办？我们每个人该怎么办？要有点精气神，有志气、豪气、壮气，有点汪国真的诗所述的勇气。

世界上不存在做不成的事，只要我们肯付诸行动，坚韧不拔，勇往直前，那么再难的问题都能解决，再难的事都能做好。

世上无难事，只怕有心人！

世上无难事，只要肯登攀！

《家乡：解放碑》，水彩画  刘明明（2007 年）

# 27 远方的路

## 既然选择了远方，便只顾风雨兼程

这也是 2015 年已故诗人汪国真在《热爱生命》中的诗句。

这也是我年轻时最喜欢的汪国真诗中的经典诗句。

这也是习近平同志近年来好几次引用了的诗句。

而且，从 2005 年开始，汪国真的书法作品就作为中央领导同志出访的礼品，赠送给外国政党和国家领导人。

一如诗学界对汪国真的诗带有贬义的评价一样，汪国真的诗的确很直白。但是，这正是汪国真诗的可贵之处，是能够引起许多人，特别是励志之人、年轻之人产生共鸣的地方。

人的一生就是选择的一生，几乎时时、处处、事事，我们都处在十字路口。

重大的选择、细小的选择；生活的选择、工作的选择；读书的选择、写字的选择；交友的选择、处对象的选择等，太多太多！

一旦选择确定了，就有了一定的方向和目标，就要为自己的选择负责任，勇于担当。目标方向确定了、选定了，就不要再犹豫不决，就要下定决心朝着选择的目标披荆斩棘、奋勇直前地去实现它。

在朝着远方的目标前进时，可能遇到很多困难，可能有很多风险危机，可能有无数次电闪雷鸣，可能有无数次暴风骤雨，这时，我们不可能再回头，只能义无反顾地前进。

49

今天，我们国家的改革开放也是如此。前面 36 年的改革开放，我们是浅层次的，难度系数要小一些；而今，我们的改革开放已经进入了深水区，进入了经济发展的新常态，经济下行的压力很大。结构调整的任务很重，去产能、去杠杆、去库存的阻力很大。但是，我们只能坚定不移地深化改革、扩大开放，没有回头路可走，只能风雨兼程奔向胜利的远方！

# 28 伟人之举

## 伟人往往是在对待别人的失败中显示其伟大

世界上，人类历史长河里，真正称得上伟人之名的人并不多。绝大多数人都是平凡的人，做着平凡的事，平平淡淡一辈子。

但平凡中见伟大，细微处显伟业。

平凡的人也应该向伟人学习，特别是学习伟人的品格。

伟人的品格会在很多方面表现出来，其中，非常重要的一个方面就是怎样对待别人的失败。

每个人都会经历失败，伟人也难免会遭遇很多失败，甚至是重大的失败。

但恰恰是因为伟人们在失败中挺过来了，没有被失败打倒，伟人才成其为伟人；伟人会把别人的失败作为自己的经验教训、前车之鉴；伟人不会因为别人失败而落井下石、去奚落失败之人，因为自己也曾失败过，而且，谁也不知道今后自己会不会再失败；伟人会在别人失败后，在可能的情况下，帮助失败了的人，给他雪中送炭——当然，前提是这些失败的人不是敌人、不是坏人！

伟人的最伟大之处还在于，帮助失败的人振作起来，继续努力，甚至成为伟人！

## 29 犯错的人

什么是小孩，就是犯小错误的孩子
什么是大人，就是犯大错误的人
什么是老人，就是老是犯错误的人

人非圣贤，孰能无过。

任何人都可能犯错，不犯错的人，不应该称之为人！

人的一生，就是犯错误的一生。

犯了一次小错，又再次犯小错，然后还可能犯中错、犯大错，甚至犯伟大的错误！

关键在于，一个人不是犯不犯错的问题，而是尽量不要犯大错，尽量不要犯几乎是不能改正、不可原谅的弥天大错；也不要犯低级错误，特别是不要重复犯低级错误，不要在同一块石头上绊两跤、重复绊跤。

更不可以的是，自己犯了错，却总是找客观原因，把错误推给别人，不敢担当，甚至诬陷别人。

改错之要在于从错误和挫折中找到原因，吸取教训，以免再犯。

伟人说了，错误和挫折教训了我们，使我们更加谨慎聪明。如此，我们的事情就能办得好一些。

# ③⓪ 简单的幸福

**小时候，幸福是简单的事**
**长大了，简单是幸福的事**

当年，还是孩提时，多么幸福，无忧无虑、天真活泼。

玩是孩子的幸福。没有家庭作业，没有若干的、没完没了的补习班、兴趣班，放学了就是各种各样的玩，玩得花样翻新，玩得来连自己姓什么也不知道。

犯错是孩子的幸福。当年考试无须双百分，有个 80 分、90 分，爸爸妈妈也高兴得很；及格了，爸妈也满意。虽然也会挨打，但打了又犯错，错了再打就是了。被打几下也觉得挺好的。

任性是孩子的幸福。想哭就哭，想笑就笑，想在地上打滚就滚几下，哭了马上又笑了，笑了马上又哭起来。

异想天开是孩子的幸福。总是没完没了地向爸爸妈妈提一系列问题，问得来爸爸妈妈只得说：等你今后当了"老汉"（爸爸）就晓得了。

孩提时，想得到一样东西，水果糖、新衣服，得到了就觉得很幸福！多简单！

现在的孩子也幸福，但似乎幸福少了些，不如我们当年那么简单！把"简单"还给孩子吧，让他们享受简单的幸福！

长大了，复杂了，物质的、精神的东西多了，不能放下了，反而感到不幸福了。多羡慕小时候那简简单单的做人啦！"为什么要长大呢？”“能够穿越回到当年简单的孩子状吗？”

给我们当大人的一些儿童的东西：玩、犯错、任性、异想天开。给我们当大人的一些简单，感受简单的幸福！

谁能给予我们简单的幸福、儿时的那种简单的幸福？最终还是我们自己！

53

《初升的太阳》，布面油画　王嘉陵（1987 年）

# *31* 宽严的学问

对人的管理，是宽一点好，还是严一点好？不能一概而论，也没有定论。所谓"兵无常势，水无常形"，一般管理如此，对人的管理也是如此。

对于自觉性高的人，宽一点为好，信任为主，激励为主。响鼓不用重锤敲，不待扬鞭自奋蹄。

对于自觉性差的人，严一点为好，严师出高徒；严是爱、宽是害。强化约束、强化管控。

但是，无论什么情况下的宽，都要有个度，所谓"宽容大度，不是无边无际"。超过了度的宽，往往就要出事，甚至酿成大祸。要给"宽"设定红线、底线、界限。

同样，无论什么情况下的严，都要根据规章制度来严，没有道理的严，貌似严格，就算是管控住了，其实别人口服心不服，迟早还会反弹。严，要根据法律，根据规章制度。制度前进一小步，管理前进一大步。

我们最提倡的是宽严相济。该宽则宽，该严则严，宽严都要适度。超过了度的宽或者严，都会走向反面。

宽严的学问其实就在这个"度"的把握上，重点于斯，难点于斯！它是技巧，更是艺术，还是哲学的高境界！

# 32 智与止

## 大智知止

这是隋朝大儒王通的一本书《止学》卷一中的一句话。

原文是："大智知止，小智惟谋。智有穷而道无尽哉。"意思是：大智慧的人知道适可而止，小聪明的人只是不停地谋划，智计有穷尽的时候，而天道却没有尽头。

"止"的原意是停止，不再前进；而其深意是平静，有定力，心处于平静、安宁、专一、无烦恼的状态。

遍观世人，知行者不少，知止者不多。其实，知止才是大智慧呢！

有人说，《止学》是一部论述人生胜败荣辱的"智典"，是一部为人处世、走向成功的"绝学"，是一部古代谋略奇书，是极具实用价值的一门学问，有人叫它古老的成功学。传统的谋略书籍，主要教人们如何去做什么就能成功，而《止学》是教人们不该做什么就能成功。

《止学》要义：应该在什么情况下停下来，水满则溢，月圆则缺，适可而止；"有余"并不一定都好，不足就补之，当进则进，当止则止。

曾国藩是知止的典范，他的书房中有四字："克己止学"。曾国藩独步人生的终极学问，就是知止到了相当高的境界。

曾国藩说："心存敬畏，行有所止。"

曾国藩还说："不因功名而贪欲，不因感极而求妄"，"富贵常蹈危机"，"盛时须作衰时想"。他时时以止为行动之本，从反面考虑问题，不越雷池，无张狂样。

知止，就是告诉我们如何做人，要我们有所约束。什么事情能做，什么事情不能做，要有底线意识、红线意识，不越界、不越轨。

知止而后有定，定而后能静，静而后能安，安而后能虑，虑而后能得。

# 33 舍与得

要想得到新东西，
可能就要放弃你现在拥有的一些东西

这其实就是"舍得"的意思。什么都想得到，可能什么都得不到。舍去一些东西，可能才能得到另一些东西。

我在演讲中多次讲过一个故事：

猎人们捉猴子的方法很是巧妙：在有猴子出没的地方，猎人当着猴子的面在一个山坡的土壁上挖洞。洞口比较小，而洞里面的空间较大。见猎人挖洞，有猴子好奇，在一边悄悄地看。

猎人把洞挖好后，又当着猴子的面，把一把花生放到洞里去。过后，猎人就走开了，到了让猴子看不到的地方。

当猎人走后，猴子便走到了洞前，尝试把爪子伸进去，抓住了一大把花生，猴子大喜过望，迅速把抓住花生的爪子退出来。但是，洞口很小，抓住花生的猴爪子怎么也出不来。猴子急得唧里哇啦叫。

这时，远处的猎人慢慢地走过去逮猴子。

猴子见猎人来捉自己了，也害怕，想跑，但是，它的爪子抓住了花生，又不愿意放掉花生，爪子始终出不了洞口，眼睁睁地就被猎人抓住了。

猴子舍去了花生，才能得到生命和自由！

舍得啊！得，要舍才行的！

舍得花精力去努力勤奋，才会有喜人的成功！

# 34 爱与完美

> **爱，不是寻找一个完美的人**
> **而是学会用完美的眼光**
> **欣赏一个不完美的人**

　　在网上淘得此语，甚好，"爱不释口"！

　　人间之事，世间之人，完美只是一种理想、只是一种追求，如镜中花、水中月。可能永远不等于、永远得不到，但人们却在努力地无限趋近于她！

　　爱一个人，怎样去爱？怎样看待所爱之人的不完美处？甚至是缺点、不足？

　　包容所爱之人的不足，欣赏他（她）的不足，有的人甚至把这种不足当作了可爱之点。要知道，他（她）没有这些不完美的地方，怎么可能爱我呢？怎么可能在现实中成为我所爱之人呢？如果他（她）是完美之人，还轮得上有我爱他（她）的份吗？我何德何能？再说了，我自己也不是一个完美的人，我有什么资格要求别人完美呢？

　　如果我们有了完美的眼光，我们就会欣赏到完美的人！

　　如果我们没有完美的眼光，再完美的人，我们也欣赏不到！

　　一切的完美，尽在我们具有完美的欣赏的眼光之中！

# $35$ 巴豆与酒杯

## 巴豆虽小坏肠胃，酒杯不深淹死人

《之江新语》中收有一篇文章：《小事小节是一面镜子》。这是 2004 年 3 月 20 日习近平同志还在浙江担任省委书记期间发表的文章。

文章中，习近平同志引用了中国古代的俗语："巴豆虽小坏肠胃，酒杯不深淹死人。"类似的话还有"三寸筷子能勾魂，酒杯不深淹死人"。显然，这是两句充满哲理的、针对领导干部言行的提示语、警示语。

一开始，吃喝是小事，但是，于细微处见精神，于细微处也见品德。小事小节是一面镜子，能够反映人品、反映作风。小事小节中有党性，有原则，有人格。古人云，"堤溃蚁穴，气泄针芒"。量变也可能到质变，这也是一些腐败分子带给我们的深刻教训。

大多数腐败分子正是从不注意小事小节逐步走到腐化堕落境地的。在推杯换盏中放松了警惕，在小恩小惠面前丢掉了原则，在轻歌曼舞中丧失了人格，这样的例子并不鲜见。

小事当慎，小节当拘。每个领导干部都应慎独慎微，在小事小节上加强自身修养，从一点一滴中自觉完善自己，懂得"是非明于学习、境界升于自省、名节源于修养、腐败止于正气"的道理，始终保持共产党员的本色。

　　各级领导干部一方面要支持民营企业发展，要亲商、富商、安商；另一方面，同企业家打交道一定要掌握分寸，公私分明，君子之交淡如水。各级领导干部要注重加强自身修养，慎小事，拘小节，防微杜渐，两袖清风，筑牢思想道德和党纪国法两道防线。

# ⟨36 行路与为事

## 道虽迩，不行不至；事虽小，不为不成

这是《荀子·修身》中的一段话，习总书记曾经引用过。

我在作"国学经典与人文素养"和"努力提升执行力"的演讲时，也多次引用荀子的这段话。

迩，近与浅的意思，这里指的是近。

道路虽然近，如果不走，就到达不了目的地；事情虽然小，如果不去做，就不会成功。只有付出，才会有收获。

时下，执行与执行力的话题很热。执行，就是去做、去干，就是行动、操作、完成、贯彻、实施、落实，就是将想法变成行动，将行动变成成果的过程。

无论远近的路，必须启动、起步、启程，否则不能到达；无论大小的事，必须去做、去干、去执行，才能完成预期目标。

第一，是否愿意走、是否愿意去做、是否愿意去执行？这很重要。也就是走、做、执行的态度问题，态度决定速度、程度、高度、宽度、长度、力度、效度，态度决定一切！

第二，执行得怎样？执行力如何？你愿意做、愿意干、愿意执行，态度也是端正的，但是，你用力了吗？你全力以赴了吗？你尽心尽力了吗？也就是力度问题。"身有千斤力，不得使八分"！

第三，行和为的效果如何？也就是做、干、执行的业绩如何？

事关效度、效率、效果、效益。无论远近的道路，已经起步了，但是，走得如何？如果走得不好，甚至走到邪路上去了，也是不能到达目的地的；无论大小的事情，已经开始做了，但是，做得如何？做的结果是怎样？也是重要的问题。

　　既要走起来，还要走好，还要按时走到目的地。

　　既要做起来，还要做好，没有做好等于没有做！

# ⌒37 自由与秩序

在作"制度管理"演讲时，在我那本《管理创新：将智慧转化为财富》的书中，我多次引用了这句世界名言。

自由很重要，比生命和爱情都重要。君不见，有诗为证："生命诚可贵，爱情价更高。若为自由故，两者皆可抛。"

许多人为了自由，的确是舍家离妻，抛头颅、洒热血，也在所不惜。

但是，与自由相比，秩序更为重要。

没有自由的人，还可能活下去。你看那些铁窗里面的人，没有自由，不是活着的吗？就是被判了无期徒刑的人，在监狱里还可以度过余生。

但是，如果没有秩序，社会就会乱套；没有现行制度、"王法"，有人可能会对你当头一棒、横竖一刀，那样生命就没有了。

不是说自由不重要，也不是说不要自由，而是说自由与秩序两相比较，秩序更为重要罢了。而且，秩序本身能保障自由，自由也必须以约束为前提。

63

# 38 欣赏与品位

> **经常欣赏高品位的东西，会提升自己的品位**
> **自己的品位提高了，才可能欣赏高品位的东西**

一个人有没有品位，可以从很多方面看出来。

比如，他的生活圈子、朋友圈子。人常说：物以类聚，人以群分。

比如，他喜欢看什么样的书籍、电影，从事什么样的运动，参加什么样的活动，等等。

一个人，生在世间，不可能什么都是高尚的，什么都是高档的，什么都是高层次的。如果都高了，怎么才能接地气？

人不是神仙，凡人有凡人的生活！

特别是对于大多数寻常平民百姓来说，"平平淡淡才是真""平平常常才是情"。

但是，生活中总还是应该有一点有品位的东西，特别是对于一些有知识的人、有一定物质财富的人来说，更应该在生活中注入一些有品位的东西。这就要靠我们多学习、多品味优秀的东西，从中悟出深刻的道理出来。

经常品味些有品位的东西，自然而然也能提升自己的品位。不说别的，至少会受人尊重；至少可以用来教育孩子；再不济，也可以自娱自乐、孤芳自赏、自我陶醉。

# 39 佛语禅意

## 宽容大度，不是无边无际
## 慈悲为怀，不是善恶不分

在我国，宗教信仰有自由，而我平生不信宗教。

我受佛教和道教的影响很大，虽然没有系统学过佛教和道教的教义，但读过一些教义的经典著作。特别是曾有两次机会为重庆市宗教界的几十位"领袖"们作过演讲（有一次讲"宗教与和谐社会"），就恶补了一些这方面的知识。

在这两次面向宗教界人士的演讲和其他方面的演讲中，我多次引用这两句话，觉得它们很有哲理，也颇具禅意。

一个高尚的人，要有宽容之心，容天下难容之事！

但是，接受别人宽容的人，不能认为，反正他都要宽容我的，就一味放纵自己，一再犯错。

一个高尚的人，要有慈悲之心，大慈大悲为大善！

但是，慈悲为怀不等于是非不明、好坏不辨。俗话说得好，对敌人的慈悲，就是对同志的残忍。

# (40) 地狱与恶念

## 心在地狱缘恶念

　　北宋文学家苏东坡（苏轼），四川眉山人。他不仅文学造诣高深，而且精通琴棋书画，更甚者，佛学方面也是很厉害的。关于苏东坡的故事很多，其中有一个故事是这样的：

　　苏东坡经常到庙里与方丈辩经。

　　有一次，苏东坡与方丈辩经许久，方丈转而问苏东坡："苏居士，在您的眼中，您看我是什么？"苏东坡说："我看到了一堆牛屎。"方丈听了，不但没有生气，反而微笑着对苏东坡说："我看您是一朵花。"

　　苏东坡听了，很是高兴，感觉今天这场辩论，显然是自己赢了，满意而归。回到家里，他对苏小妹洋洋得意地谈到牛屎和花的辩论。人们知道"三苏"很厉害，其实，苏小妹也是才女一个。苏小妹听了，严肃地对苏东坡说："哥哥，您错了，您佛学造诣这么高深，难道不知道佛家的一句名言吗？——心在地狱缘恶念。您心中有牛屎，才会把人家看成是牛屎；而人家心中是一朵花，自然就把您看成是一朵花了。"苏东坡听了，顿时满面愧色。

　　其实，很多善恶的念头，早就在我们大脑中以潜意识的形式存在了，到了一定的时间和场合，它就冒出来了，变成我们的言行。

　　所以，我们要尽量地想办法把善良的、正能量的东西装入大脑，

《小镇街景》，布面油画　王嘉陵（2010 年）

形成善良的意识，把恶劣的东西挤出大脑。

　　今天，我们践行的社会主义核心价值观，有国家层面的四个要点，有社会层面的四个要点，还有个人层面的四个要点，这就是让我们大脑里面有好的善良的潜意识，从而在我们的言行中，使得善良的东西多一些，恶劣的东西少一些，甚至没有。

# $\left(41\right.$ 天堂地狱与心境

## 置身天堂或者如处地狱，皆是不同的心境

我曾在我写的一本比较畅销的书《让心态更阳光》中总结有这样一句话："心态决定状态，状态反映心态。"

心态好不好，对同一事物、对同一个人、对同一个环境，感受不同，看法不同，结论不同，包括对自己是否幸福，也有不同的感受和看法。

有的人很幸福，家庭、事业、工作、生活、学习、身体都很好，其他人都羡慕得不得了，但是，他自己却感受不到幸福，反而觉得自己难受死了，怨天尤人，认为自己是在地狱过日子。

有的人家庭、事业、工作、生活、学习、身体在常人看来是贫穷多多、困难多多，但是他自己感到很幸福，不抱怨、不埋怨，乐观得很，认为自己是在天堂过日子。

为什么呢？因为心态不同。

有一个几乎是人尽皆知的故事：一个人家境贫穷，在冬天也没有鞋穿，他总是抱怨上帝对他不公，忿忿不平。有一天，这个人走在街上，看见一个人双腿都没有了，但是，还是乐呵呵的，好像他没有失去双腿一样。于是，这个人就上前问他："你的双腿都没有了，应该是很痛苦啊，但是，你为什么还那么快乐呢？"那位没有双腿的人说："虽然没有双腿，但我还有生命呀，总比没有生命的人强多了！"这个人听了，猛然醒悟：对呀，我虽然很穷，没有鞋穿，但总比他没有了双腿要好得多呀！全是心态呀！

其实，我们每个人都处在天堂里，只要我们拥有一个好心境、好心态！

# 42 雨露滋润与佛门度人

天雨虽宽，难润无根之草
佛门广大，难度不善之人

据说网络作家"烽火戏诸侯"的《雪中悍刀行》中就有这样一段话。

直接理解：天上下的雨虽然覆盖范围很大，但是如果没有根，草木仍然得不到润泽。佛门虽然宽广，来者不拒，但如果不心存善念，即使皈依佛门，也是不能修成正果的。

仔细把玩，这两句话倒是很有意思的。

有人是这样理解的：做任何事情都是要有前提条件的，没了这个前提条件，即使做得再好，也是无济于事的。前半句的"根"，暗指根本、基础，即要受天雨润泽的基础。"天雨"指自然之力，所以前半句的意思是，要想受自然之力的恩泽庇护，自身要先具备承受的条件，即按照自然规则保存自己的根本，有了这个根本，才能吸收自然之力。后半句指，凡事从心开始，任何外在的表现都是虚无的，只有心地善良才能脱离苦海，早登极乐。

也有人从佛学的角度去理解，认为佛教讲究因果，有因才能有果。这并不复杂，就好像你要收获粮食，就必须播下种子，经过很多的工序，在某个成熟的时刻，它会结成丰硕的果实。种子就是因，粮食就是果，而因果之间所产生的关系也可以称之为缘。

我认为，这段话还道出了一个内因和外因的关系。风调雨顺，

《云南印象》，布面油画　王嘉陵（2010 年）

固然是草木生长的最好外部条件，但是，草木无根，自己的内因"不争气"，也就享受不了雨水的恩泽，滋润不了自己；佛门广大，任何人都可以得到佛祖的超度，修成正果，但是，佛教是很讲究一个"善"字的，也是很讲究一个"缘"字的。非善良之辈，与佛无缘，佛祖怎么可能度他呢？

其实，从另一个角度来讲，既然天雨如此厚爱草木，草木就领情慢慢长出根来吧；不善之人，佛祖也就大发慈悲度他一下，把他点悟改变成善良之人，不是很好吗？

# 43 "六尺巷"的传说

一纸家书只为墙，让他三尺又何妨
万里长城今犹在，不见当年秦始皇

事由，康熙年间，文华殿大学士兼礼部尚书张文端的老家安徽桐城居宅旁有一隙地，与吴氏邻，吴氏越用之。家人驰书于都。张文端见书，挥笔批了这四句诗于后寄归。

结果，家人得书，遂撤让三尺。吴氏闻之感其义，亦退让三尺。故六尺巷遂以为名焉。

后来，六尺巷故事流传甚广，脍炙人口，被载入《中国名胜词典》。毛泽东1958年会见苏联驻华大使尤金时，曾引用此诗。

该巷存留至今，全长约100米、宽2米，早已是古城的旅游景点。2007年4月，"桐城文庙——六尺巷"成为国家3A级旅游景区。

我在"智商情商手拉手"的演讲中，讲到宽容心时，多次引用过张文端的这四句诗，它也很值得玩味。

逞强一时，好胜一时，但不可能一世、永远，更不能因逞自己之强、好自我之胜而损人。

学会宽容人，学会礼让人，学学张文端，学学张文端的家人。人与人之间，甚至整个社会，就更加和睦和谐了。

# 44 意见与宽容的权利

> **他对我有意见是他的权利**
> **我对他的宽容是我的权利**

人常说，金无足赤，人无完人。

人常说，完美完美，只有完了才美。

再完美的人，都不可能"无缺"，也都不可能做到别人对你完全没有一点儿意见。不论你有多么优秀，世界上总会有人否定你。我们不为他们活着。

伟人如此，名人更是如此。

中央电视台《百家讲坛》的易中天教授讲得好："有多少人喜欢你，可能就有多少人不喜欢你。"

我任职院长、书记，当"一把手"10多年，我心里特别清楚，不止一个人对我有意见，有的是我自己的原因，做得不好；而有的也是客观原因造成的。比如评职称，评上了的，当然高兴；评不上的，他心里可能就有意见。虽然不是院长一个人说了算，是评委集体投票决定的，但院长却处在风口浪尖上，在矛盾的焦点上。

但是，我看见对我有意见的人，我同样笑脸相迎，即便可能是他误解了我，甚至是他错了，我还是要主动上去与他打招呼，微笑、握手。这也是我的权利，任何时候、任何人都不能剥夺。

# ㊺ 成熟的标志

成熟不是人的心变老，是泪在打转，还能微笑

成熟，泛指生物体发育到完备的阶段，或事物或行为发展到完善的程度。

一个人的成熟，有生理上的、有心理上的、有为人处世方面的。长大了，成长了，当然是成熟了。

一般来讲，提到成熟，人们马上会想到一个字："老"。小小的年纪，谁相信你成熟？都说你幼稚、不成熟。就算是成熟了，别人也不相信，只落得个"早熟"而已。好像老练、老成持重、老谋深算，才是成熟的同义词一样。

有人是这样总结的：当你发现自己不再盲目地喜欢跟风、尊重自己的意愿、做事有方向、有计划了；当你选择不再犹豫不定、有独立的思想、能镇定理性思考问题了；当你在珍惜时间、合理地安排时间了；当你能关注除自己以外的他人他事了；当你更重视食物的质量、坚持锻炼身体了；当你再次被人问到爱情、友情、亲情三者的分量时，首先想到的应该是家中的妈妈；当你更加重视自己的朋友、爱人了；当你觉得让自己快乐、让周围的人快乐，比金钱更有价值了；当你能够勇于担当责任、更加自信、对人宽容、善良、有爱心、为他人着想了；当你任何时候都不与老人、小孩子计较了；当你能淡忘仇恨了……那你就成熟了。

这样的人岂止成熟，简直就是一个完人了。

逆境更能使人成熟。一个人的成熟，可能是一个漫长的过程。人生会有很多曲折、走很多弯路，会经历很多困难、问题、风险，甚至是危机，但它们恰恰是让一个人成熟的催化剂。经历了一两次刻骨铭心的危险，可能就会使一个人一下子成熟起来。

当你再遇到不顺心的事情时，不再用哭闹来解决问题，说明你已经懂得眼泪能冲刷的永远是面容，能改变现状的只有行动。

眼泪还在眼眶里打转，但你还微笑得起来——你成熟了！

《金盏菊》，水彩画　刘明明（1992 年）

# 46 成熟：欣赏与指责

**一个人成熟的标志之一，
在于他所指责的越来越少，欣赏的越来越多**

或许是来自网上的经典语句，但我在演讲中多次引用这句话。

一个人的成熟，会在很多方面表现出来，其中一个重要的方面就是多欣赏、少指责。

每个人都希望得到别人的欣赏，容貌、知识、能力、外表、业绩，被别人欣赏当然是一件很愉快的事。相应的，你也就应该多欣赏别人，将心比心。

当你在欣赏别人之际，其实，也是展现了自己的亮点，比如展现了你的品格、你的欣赏水平和能力，同时，也等于别人在欣赏你自己。

而且，欣赏别人，欣赏别人所做的事，别人高兴，自己也快乐，这是多好的双赢的事啊！

所以，我们提倡，一切从欣赏开始。

不是没有价值，而往往是我们没有欣赏价值的眼睛。

少去指责别人。别人做得不对，他心里已经难受了；你再指责多多，别人愈加难过，他也不一定就吸取了教训；你自己也生了气，同样不好受，大家都没有从中得到好处。

# 47 成功、帮助与幸福

## 成功不在于你赢得多少人，
## 而是你帮助过多少人得到幸福

什么是幸福？"一千个人心中有一千个哈姆雷特。"有共性的幸福观，也有不同的幸福观。

有的人——还为数不少——总是用"博弈"的思维去算计别人，一心要战胜别人，如此才觉得自己成功了。战胜的人越多，就觉得自己越成功，越幸福。

是的，在战场上、在商海中，的确要战胜对手，取得胜利，获得成功。但是，人与人之间，并不都是对手、敌人；对于对手和敌人而言，在一定的条件下，甚至在很多情况下，也是可以转化的，也是可以对其提供帮助的。

比如，化敌为友、化干戈为玉帛，劝诱敌人投降、减少最大的牺牲等，不是在"帮助敌人"吗？

在双赢、多赢、共赢思想的指导下，在商场上，帮助一下竞争对手，又何尝不可呢？

常言说得好，助人为乐，就是这个意思。

你帮助了别人，别人渡过了难关，别人快乐，有了幸福感，当然你也就快乐了、幸福了。

你帮助的人越多，帮助的内容越丰富，你给予快乐的人就越多，幸福的人也就越多，你自己的快乐和幸福也就越多！

一个多么浅显而又深刻的道理呀！

所以，有人说了，"最大的幸福莫过于让别人幸福！"

# 48 圣 人

什么是圣人？圣人是古代的称谓，现代很少有这样的称呼。

在中国传统文化中，"圣人"指知行完备、至善之人，是有限世界中的无限存在。才德全尽、完美，谓之圣人，一般是称别人。后来的诸子百家，乃至古今各种宗教、学派，也有自己认定的圣人。但是，道家尊崇的黄老列庄、儒家尊崇的尧舜孔孟、墨家尊崇的大禹等是受到后世公认的圣人。比如万世师表孔圣人，是公认的！

在中国，古代圣明的君主帝王，以及后世道德高尚、学术造诣高深者，也有称圣人的。

有的宗教专门通过一定的仪式加封圣人，但也有人直接被大众尊奉为圣人。

圣人，除了个人的品行才德以外，除了"通见天地之正理"以外，还应该"教化于众"，从而才能被"万众之所仰"。

当年的孔圣人，周游列国，传其儒学，弟子3000，贤人72，受益者良多；再通过3000弟子和72贤人去把儒学发扬光大、传播大众、传承久远，及至今天的"孔子学院"，影响四海。

圣人有渊博的知识，他还将这些渊博的知识传授给大众，让大众明理、知礼，提高全民的素质素养，这正是真正的圣人之所为也！

我很喜欢一首现代诗：《假如——天堂》。这首诗共三节九句，其中最后一节是这样的：

"假如你是一个圣人，你会发现没有天堂，但你总是向别人指出去到天堂之路！"

我们不是圣人，但我们要学习圣人，我们可以做圣人所做之事！

# 49 君子

人人都想当君子，而不愿意被别人称为小人！就算是小人之人，他自己也不会承认，更不会谦虚地说："我也就是一个小人而已！"

什么是君子？一是与小人相对而称；二是指地位高、人格高尚、道德品行兼好之人；三是对别人的尊称，与先生一样；四是旧时妻对夫之称，如夫君；还有其他含义。但我们认为，真正能称"君子"的人，一定是品德高尚之人，不断努力进取之人。《周易》乾卦就有"天行健，君子以自强不息"。

更重要的是，君子在仁义道德方面应该是万世之楷模。君不见，孔圣人在《论语·里仁》中就说了："君子喻于义，小人喻于利。"

义，公正无私的道理或举措。

孔圣人告诉人们，君子与小人的价值指向不同，道德高尚者只需晓以大义，而品质低劣者只能动之以利害。君子于事必辨其是非，小人于事必计其利害。

以孔子为代表的儒家学说，特别强调"仁义"。《论语》共20篇15900多字，提及"仁"字者，约有109次。孔子认为"仁"为最高的道德原则、最高的道德标准、最高的道德境界，他第一个把整体的道德规范集于一体，形成了以"仁"为核心的伦理思想结构，甚至提出要为"仁"献身："杀身以成仁。"孟子首提"仁、义、礼、智"董仲舒扩充为"仁、义、礼、智、信"，后者称"五常"，"仁"为五常之首；老子把"仁"作为"道"的基础。

今天，君子之称几乎没有了，但小人之称时有听闻。其实，人人都可以成为君子。中华民族，人人都应该有君子之风，它不仅仅是指懂礼貌讲礼数，更是在"仁义"方面要充分体现出来。

仁义，中华民族的"魂"。

一个人，虽有生命，但没有了仁义，丢掉了魂，这个生命还有什么意义？

# 50 挚 友

**挚友：掏心掏肺的知己，读懂你的心、
又存乎于你心和生命中的人**

什么是挚友？

"挚"，执和手。执：拿着，掌握；"挚"，执着手，手拉手，手牵手。什么样的人才会手拉着手？那么亲密？"挚友"也。

挚友，是朋友、好朋友、真朋友，亲密无间的朋友，是真诚、诚恳的友人，是交情浓厚、可以信赖的人。

人际交往中，真正能称得上是挚友的人不多。

挚友，两人可以是掏心掏肺的知己：都为男士的，可能是铁哥们儿；都为女士的，可能是特别要好的闺密；是一男一女的，女士可能是男士的"红颜知己"，男士则可能是女士的"体贴之人"。

其实，挚友还应该是掏心掏肺的知己，能够说说知心话的人（说了不担心外泄）；特别是能读懂你的心的人，这是非常难的，没有朝夕相处，没有心心相印，没有心有灵犀，怎么可能读懂别人的心？

到了挚友的地步，不一定是夫妻，不一定是同学，也不一定是师生，不可能朝夕相处、时时相见了，可能远在天涯了，也可能近在咫尺，但心却在一起，是存乎于你心和生命中的人。

人生在世，难得知己知音，难得一两个挚友。

在不违背政治、法律、道德的大前提下，一个人能有几个挚友，那可是人生的一大快事、乐事。和挚友诉诉衷肠，与挚友谈天说地，让挚友分担压力，为挚友分忧解愁，"夫复何求"？

# 51 爱 情

什么是爱情？有千万个不同的答案。但有一个是共同的，就是心！

因爱走到了一起，成为夫妻。物爱、情爱、性爱，最终应该是心爱！

心不能在一起，就算是成了夫妻，同居一室，同眠一床，也可能是咫尺天涯，同床异梦。

泰戈尔说：眼睛为她下着雨，心却为她打着伞，这就是爱情。

爱是包容而不是放纵，爱是关怀而不是宠爱，爱是相互交融而不是单相思，爱是百味而不全是甜蜜。真正的爱情并不一定是他人眼中的完美匹配，而是相爱的人彼此心灵的相互契合，是把心交给别人掌握。

这颗心，是从内心发出的关心和照顾，是由衷的珍惜和尊重。

这颗心，正如有人所说的：有团聚时的欢愉，也有分别时的依恋；有相偎相依时的温存，也有窃窃私语时的不羁；有离别后的牵挂，也有重逢时的欣幸；有默契时的微笑，也有误解时的委屈；有满意时的幸福，也有失望时的怅然；有难忍时的愤怒，也有宽容后的释怀；有过失后的不安，也有忏悔后的清净；有困境时的无助，也有脱困后的轻松；有被肯定、被欣赏时的得意，也有被否定、被指责时的伤心；有热情关怀时的温暖，也有冷淡漠视时的寒心；有

《婚礼》，布面油画　王嘉陵（2009 年）

对理想生活的向往，也有对现实状况的不满；有对美好未来的憧憬，也有对难忘岁月的怀念；有月光下卿卿我我的浪漫，也有风雨中泥泞跋涉的困窘。他说得真好！

这颗心，有太多太多，但也太简单太简单，本就是一颗相爱的心！

爱情，日复一日，单调与平淡，但它就是相互交换又被别人掌握的一颗幸福的心！

# (52 情 意

## 情意：一见如故缠绵易，来日方长陪伴难

情意，主要是指人与人之间的感情，也指恩情与人的心情，但更多的是指男女相悦之情。

人与人之间，一见如故的当然有，而且不少；男女之间，一见钟情的有，而且也不少，甚至有了多少动人的美好故事。

由于信息社会的到来，人与人之间通过发达的信息工具联系得更多了，特别是互联网、微信的发展，更产生了许多的网聊族。他们还没有真正见面，在虚拟的空间里就大聊特聊起来，聊得昏天黑地，聊得忘乎所以，聊得情意浓浓、缠缠绵绵。虽然远隔千里万里，却能未见如故成知己。有的真真的情意深处成恋人，组成家庭过日子，传为佳话。

但也有某些是聊得情深美妙好无比，见面却失望失落到谷底。

无论是网聊的一见如故、情投意合，还是邂逅相遇的一见钟情、坠入爱河，闪恋闪婚后，真正携子之手、白头到老却很难。

"闪"过后，热恋后，在一个家庭里，生活的显微镜照出了瑕疵，甚至放大了各自的缺点，可能就会出事了。热恋时，双方的情意缠绵是把缺点当成优点；结婚后，时日方长，柴米油盐酱醋茶，吃喝拉撒睡，孩子老人病，双方性格习惯的差距也暴露出来了，具体的事情状况也频繁地出来了，问题、矛盾也就出来了。这时，一见如故、

相聊甚欢的热度降温，漫漫夫妻路，还能相伴下去吗？

　　来日方长应该是建立在彼此的信任、尊重、包容、宽容、欣赏之上。

　　因此，多来些当面锣、当面鼓的沟通交流；不妨再来一次、两次、多次的网聊，哪怕同居一室，哪怕同卧一床。只要心心相印，只要努力而为，相伴终身也容易！

《墨竹》　陈元虎（2014年）

# 53 真朋友

**真朋友：你开心，我快乐，你不开心我难过**

有一首叫《红尘知己》的歌，由刘宏杰作词谱曲，陈冠峰编曲，石雪峰、王馨演唱，旋律很美，歌词特别动人。

歌中有词："你开心，我快乐，你不开心我难过。用真心，为你唱，这首歌。谢谢你，陪着我，聊聊心中的寂寞。我的伤，你最懂，总是用心鼓励我。"

这首歌，这些歌词，都是写真朋友的。

其中，我很是喜欢这句歌词："你开心，我快乐，你不开心我难过"，简简单单的两句歌词，道出了真朋友的真谛。

如江湖之传：真朋友就是"真够哥们儿意气"之人、"能够两肋插刀之人"。

豪气之言：真朋友就是"能够掏心窝子的人""能够以命相交的人"。

如汤显祖《牡丹亭》中之诗句："岁寒知松柏，患难见真情。路遥知马力，日久见人心。"

这种开心，同快乐与共；不开心，与难过同受，道出了真朋友的要义：真朋友是一种相遇、境遇、奇遇，更是缘遇，往往也是可遇不可求的；是一种相知，知根知底更知心，是一种长久的感知过程；是一种相契，有心灵感应和心心相印、心照不宣的感觉；是一种相助，为朋友挡风寒避风雨，为朋友分忧愁解困苦；是一种相思，彼此挂念、思念、想念，虽然远在天边，可感觉近在咫尺；是一种相辉，如夜空里的星星和月亮，彼此光照，彼此辉映，彼此鼓励，彼此相望。

人的一生，可能朋友很多，但真朋友却很少，也难寻且难弃，真朋友绝不可能忘记。真朋友如同星辰，你不会天天看到他，但是你知道他的确在那里。

要想获得真朋友，自己先要把所交之朋友当成真朋友，以诚相待。

# (54 真兄弟

什么是真兄弟？特指哥哥和弟弟，泛称意气相投或志同道合的人。

是哥俩的当然是兄弟，但是一些哥俩为了利益却反目成仇、手足相残，哪像是亲兄弟？比外人还不如；而有的人，不同姓，不同父母，有福可能不必同享，但有难必定同当，患难与共、两肋插刀，人人羡慕这样的情谊，真兄弟也。

兄弟，就是手心和手背：当抚摩荣誉、感受温暖的时候，哥哥让给了弟弟；当抵御寒冷、迎接挑战的时候，有哥哥的保护。

很喜欢《兄弟的歌》这首歌的歌词："所有的梦你和我，和我一起追；坎坷的路你和我，和我一起过；纵然相隔千万里，兄弟的情谊藏心窝，陪我人海中起起落落。""兄弟要一起痛快的活，一起经历悲伤快乐。""兄弟要一起痛快的活，纷扰世界有你陪着。"

真兄弟，更是性命相交，到了至高无上的境界。

兄弟，既是亲情，也承载了太多的感情、友情。

人与人相交，都应该是兄弟。

人与人之间，不一定都要两肋插刀，因为为兄弟两肋插刀的机会并不多；人与人之间，不一定都要性命相交，因为需要以命换命的情况也着实少有。但是，人与人之间，都应该成为兄弟，成为好兄弟。

　　陌生人叫一声"兄弟"，可能就拉近了人与人之间的距离，打断了隔阂，也是中华文化传承中"四海皆兄弟"的一种延续。

　　不相识的人，相互帮助，无私援助，把真情奉献给别人，把好处让渡给他人，把困难留给自己，不是兄弟，却胜似兄弟。

　　经常相处的同学、同事，在不违背大原则的情况下，有兄弟情谊何尝不是好事，未必就是坏事！领导把下属当兄弟，下属为组织全力地干活；下属把领导当兄弟，事业更加有成；同事之间当兄弟，可能合作得更好。真兄弟好啊！

# 55 朋友与敌人

> **当朋友让你做违法的事时，**
> **他已经不是你的朋友，**
> **他已经变成了你最危险的敌人**

在山东某地级市的一个中医院作"做一名优秀的医务人员"的演讲，听众很认真。

晚餐时，医院副院长边吃饭边对我讲，他今天刚从手术台做完手术来听我演讲，由于没有带笔记本作记录，只有用手机记我的演讲精彩的部分。他手机上记了不少句，他说，他印象最深的就是这段话。

有的官员在腐败问题上出事，大都是朋友和同学来找着帮忙。而这些官员呢，相信朋友、相信同学。但是，实际上往往是朋友的朋友、同学的同学转了几道弯来求之办事的。这样，一来二往，就违规了、违法了、出事了。

不是完全不能帮朋友、同学办事，转了几道弯的朋友和同学也可以帮助、帮忙，但要有底线、有分寸、有原则，过了底线，超出了原则，朋友就不再是朋友，同学也会变质，成了最危险的敌人。这种事，正反两个方面的案例都很多很多，教训深刻！

朋友就是朋友，同学就是同学，但是，朋友可能转变成敌人，同学也可能变成敌人，关键是自己要把握好，分清所帮之事的性质，分清敌友！

# 56 真坏人与假好人

**真坏人并不可怕，可怕的是假好人**

都怕坏人！为什么？坏人很坏！坏人可能对你造成伤害！

孩提时看电影，出来了一个人，我们经常会缠着爸爸妈妈问个不停："这个人是好人还是坏人？"爸爸妈妈一般都能回答正确。但有时候他（她）也回答错了。因为出来的这个人，是以好人的面貌、身份、工作、讲话出现的，很是麻痹人。于是电影放映员一边放电影，一边进行一些解释："这是隐藏得很深的狗特务张三。"

为什么张三能隐藏得很深？让人一下子看不出？因为他假装了好人，假好人一个！假好人实际上也是坏人，可能比真坏人的破坏性更强更大！

朋友讲了一个外国的寓言故事：一只狼要吃羊，于是，它披着羊皮悄悄地进了羊群。它正要对着一只羊张口咬去，只听那只"羊"说话了："干吗？干吗？你看我是谁，没有看清楚就咬？"这只狼仔细一看，那也是一只披着羊皮的狼！它又转向另一只羊下嘴，但都碰到了同样的情况。

假好人不是好人，如同披着羊皮的狼不是羊一样！

披着羊皮的狼比一般的狼更具有危害性，因为它让羊丧失了防范，更有麻痹性，当然就更可怕！

同样的，一看就是坏人的人，好防备防范，他使的是明枪，可

以与他真刀真枪地干；假装好人的人就不同了，他是坏人，却有假装、伪装，以好人的面貌出现，使的是暗箭，让人难防！

当今的社会，骗子不少，他们身上没有坏人的标签，他们的脸上没有贴"我是坏人"的字样，很多也是以帮助你的好人的面目出现，更要防备、更要打击啊！

# 57 人与猪的区别

人和猪的区别就是，猪一直是猪，人有时却不是人

这是一个恶搞的说法，但仔细想一想，觉得还有点意思。

人与猪当然有很多区别，人不是猪，不可能变成猪；猪也不是人，猪也不可能长成人。人们在骂人的时候，时常用猪来骂："你个笨猪！""你猪脑子啊！""你简直是猪狗不如！"

有人说，通俗一点来讲，猪一般比较笨，它一般是吃完了睡，睡完了吃，一天啥都不干。但猪再笨，一般不会伤害人，反而有益于人类。无论猪怎么变化，猪的这些特性基本不会变化。

但是，人就不同了。人是高级动物，人很复杂。"人上一百，形形色色。"一个社会，什么样的人都有啊！

这个社会，好人居多，好人是人，好人永远都是人！

这个社会，坏人也不少，坏人简直就不是人，猪狗不如！

希特勒、墨索里尼、日本侵略者，发动战争，毁灭人类，他们还是人吗？猪狗不如！

恐怖主义分子，大搞恐怖活动，滥杀无辜，残害人民，他们还是人吗？猪狗不如！

坑蒙拐骗的人，让你上当受骗、防不胜防，你对他们恨之入骨，骂他们简直不是人！生产假冒伪劣产品的人，特别是生产假冒伪劣食品的人，置人民的身体健康于不顾，视人们的卿卿性命如草芥，残害百姓的生命，而且屡禁不止，屡次打击之后仍然很多。为了牟取暴利，这些人明知故犯、唯利是图，你说他们还是人吗？猪狗不如！

# 58 理想的追求

## 理想永难企及，但我却要无限趋近

理想，是人们对未来事物的美好想象和希望，也比喻对某事物臻于最完善境界的观念。它是一种人生的目标、追求和向往，是对未来的憧憬。

理想远远高于现实，非常美好。源于对现状的不满足，于是，就有了理想，有了对理想的追求，有了动力的源泉。理想，它是一种精神现象。

正由于理想远远高于现实，有的则是"远大的理想"。所以，理想很难企及，很难达到，甚至不少人的理想永难达成。"理想很丰满，现实很骨感"，怎么办？

第一，一个人必须要有理想！有理想的人，才有层次、有品位；有理想就有追求，就有动力。没有理想就没有方向，没有方向就没有生活，没有生活，那不成了行尸走肉吗？

第二，理想可以是梦想，但不是乱想、空想、瞎想、胡想。理想以实践为基础，具有现实的可能性，而乱想、空想、瞎想、胡想则完全没有。

第三，尽管许多理想的实现难度太大，需要终生奋斗，甚至是几代人、几十代人前赴后继地努力，甚至有的理想要付出非常大的代价，甚至有的理想可能永远不能达成，但是，人们还是要百倍努力，无限向理想趋近！

第四，努力了，理想就有实现的可能性；而且人们朝着理想越是努力，离理想就越近；看似永难企及的理想，只要坚持不懈地努力，理想往往就能实现！

人啊，不要为理想没有实现而失望、绝望！人生没有真正的绝望，何况是因为理想！哲人说：树，在秋天放下了落叶，心很疼。可是，整个冬天，它让心在平静中积蓄力量。春天一到，芳华依然，只要生命还握在手心。

只要有理想，人生就没有，也不应该有绝望！

# 59 财富代表什么

## 财富并不代表一切，但一切都可以用财富来表示

财富，世人追求向往，多少人为之倾注心血，多少人为之献出青春，多少人为之竞折腰，多少人为之献出了生命！

财富，使美变成了丑，丑变成了美；老变成了少，少变成了老；使男变成了女，女变成了男；使善变成了恶，使恶变成了善；使不可能的变成了可能，使可能的变成了不可能！

神奇的财富，害人不浅的财富，让人幸福无比的财富！

曾几何时，世界上有了财富排行榜，有志之人趋之若鹜，以榜上有名为荣耀；世事难料，“闹嗡嗡，今天唱罢又下场，反把他乡当故乡。”山不转来水在转，风水轮流转，财富的拥有也是如此。

有人说，有了财富就有了一切，所以，财富代表了一切。

其实，财富并不代表一切，因为人们对财富的理解并不相同，人们对待财富的态度和行为也因之而很不相同！

但是，财富却承载着人们的希望和恐惧、价值观和人生观，影响着人们的精神世界。人们用财富来表示着一切：物质的、精神的、成功的、成就的！

巨富们的财富，小老百姓的财富，都是财富，但财富所代表的对象也就大相径庭了！

# 60 羡鱼结网

汉代刘安的《淮南子·说林训》中有言："临河而羡鱼，不如归家结网。"《汉书·董仲舒传》中变成了"临渊羡鱼，不如退而结网。"

2012 年 2 月 20 日，习近平同志在中国—爱尔兰经贸投资论坛上的讲话中就提到了这句古语。

临：面对；渊：深水；羡：希望得到。

这句话的意思是站在水边空想希望得到鱼，还不如回家去结网，再去真正地动手捕鱼！

它喻指只有愿望而没有措施，对事情毫无用处。

也喻指空怀壮志，不如实实在在地付诸行动。

或喻指只希望得到而不将希望付诸行动。

第一，看见有很多鱼儿，很想得到，这是目的；只是站在河边想，鱼儿永远不会自动到手中来。

第二，怎样才能得到河里的那些鱼儿呢？目的要实现，需要实干，需要动手，"用脑不用手，空想一大套"！

第三，实干而不是蛮干。为达成得到河里的鱼儿的目的，就要把站在河边羡慕鱼儿的事搁一搁，把无关得到鱼儿的其他事情放一放，围绕着得到河里的鱼儿这个目的想办法。非常实用的方

《青花》，水彩画　刘明明（1991 年）

法之一就是去"结网"。

第四，当"结网"的方法找到了后，还要再到河边去撒网，最终达到获得河里的鱼儿的目的！

正所谓："眼望天空是美好的愿望、憧憬，脚踏实地则是必要的征程、起点。""与其羡慕他人收获的硕果，不如耕耘自己脚下的土地。所有最终的果实累累，都来自过程里的汗水重重。""与其渴望他人领先于众的成绩，不如埋头自己的道路奋进。"

# 61 "一点点理论"

> 链条，最脆弱的一环决定其强度
> 木桶，最短的一片决定其容量
> 人，性格最差的一面决定其发展
> 再多优点，常毁于一个致命缺点

有人说，你关键的时候掉链子了。

其实，掉链子也只是掉了一环，但是，就是这一环，整个链子也就没有用了，全掉了。

木桶装水的多少，不是看最长的板，最短的板就决定了木桶的容量。这就是著名的"木桶效应""短板效应"。

由于人的性格在某一方面最差，就会影响到他整个的发展。

由于一个致命的缺点，就可能把所有的优点都"清零""格式化"，甚至成为负数。

这就是我在"当好部下的艺术"中讲的"一点点理论"。

成功往往就在一点点，失败也往往在一点点。所谓"千里之堤，溃于蚁穴"，就是这个道理。

三国时，东吴的周瑜用五六万人马打败了曹操的八十三万人马（号称百万）。为能于险中求胜，周瑜做了很多前期工作：三计（离间计、苦肉计、连环计）、两借（从刘备那里借来诸葛亮、让诸葛亮去草船借箭）。但是，周瑜差一点点全盘皆输，因为他忘记了火烧赤壁之时是在冬天，一般说来当地冬天只有西北风，而曹营在北岸，必须刮东南风才能烧到曹营。当周瑜明白这一点之后，顿时在江边的船上口吐鲜血昏厥过去。后来，全靠诸葛亮为他借来东风，方才有"火烧曹营八百里"的大胜仗。

从一点点做起，做好一点点，就可能走向成功！

# (62 公平与接受

## 比尔·盖茨：人生是不公平的，习惯去接受它吧

社会有公平吗？人生有公平吗？有！没有！众说纷纭，莫衷一是。

公平，在法律上，是指公正而不偏袒。在社会学中，是指处理事情合情合理，不偏袒某一方或某一个人，即参与社会合作的每个人都承担着他应承担的责任，得到他应得的利益。在经济学中，是指经济成果在社会成员中公平分配的特性，亚当·斯密详细论述了公平理论。

社会需要公平，因为人不可能脱离社会而生存。一个良好的社会，应该能够使人们稳定、持久地进行合作，而只有公平才能实现这一点。有了公平，社会才能为人们的发展提供平等的权利和机会，每个社会成员的生存和发展才有保障；有了公平，才能调动个人的积极性，人人各司其职、各尽其能、各得其所，共同推动社会持续发展。如果没有公平，就会带来人际问题、经济问题，从而影响社会长治久安。

但是，很多人认为，公平只是一种理想，实际上不存在完全的公平，如果有，也是一种瞬间行为，是一个点，而不是一条线、一个面、一个立体物。

公平在哪里？存乎于我们的心里、眼里：天地之间有杆秤，哪个公平，哪个不公平，群众的眼睛是雪亮的。公平是导向，是目标！

但是，人生要刻意寻找公平是很难的，公平难以量化，难以操

| 101

作，甚至难以实施。尽管如此，社会还是坚持以公平为导向，尽量向公平迈进。比如透明度增加；比如制度先行；比如结果公平很难，但把过程做得更周全一些；比如从合理做起，让人们感觉到公平；比如让人们接受并习惯去接受，不公平也公平了。

# 63 人之幸与不幸

## 人生三大不幸：
## 有良师不拜，有良友不交，有良机不抓

在大学毕业 25 周年之际，我们班的部分同学在重庆大学松林坡宾馆开会庆祝，还有部分当时教我们的老师也来到同学会现场。

会上，每个同学都要发言，记得我当时的发言就讲了这人生的三大不幸。

我是这样说的：

这三大不幸，反过来，拜了良师、交了良友、抓了良机，就是幸，幸甚！

比如我，到了重庆大学读书，师从重庆大学我的诸位老师，教我知识，教我能力，更教我如何做人，让我终身受用，我幸甚！

我们班上 30 位同学，同窗好友，情深意笃，我交了班上的这些同学，也是一辈子的好事。我幸甚！

我一直想读大学，从读小学、初中、高中，到当知青、进工厂当工人，矢志不渝大学梦。1978 年我通过高考进入了重庆大学，这是我人生的一个重大转折，也是我遇到的重大机遇。从此，我学到的知识更多，人生的舞台更大，走得更远了，飞得更高了。这样的良机被我抓住了，我幸甚！

# 64 人生与选择

## 人生，就是一次无法重复的选择

什么是人生？人生是什么？也有无数个答案！

人生，就是人的一生，也指人的生存和生活。

人生就是从母腹到坟墓的全部历程，坟墓是方向和归宿；人生就是人类生存到死亡所经历的过程，人生＝童年＋青少年＋成年＋中年＋老年＋晚年，最后到死亡。

真实讲人生吧：就是从降生于世界到永恒的历程，死是终点站，永恒是方向和归属。当然，人生也就是人们渴求幸福和享受幸福的过程。

还有一个充满哲理性的解读：人生，就是一次无法重复的选择。

古希腊有一则故事：

学生问苏格拉底："人生是什么？"

苏格拉底让他们穿过果园，每人挑一个最大的苹果，但只能挑一次。

学生们回来后，他问学生："对挑的苹果满意吗？"

学生们说："我们要么选早了，后面又有更大的；要么选晚了，漏过了最大的。老师，让我们再选择一次吧。"

苏格拉底笑了："这就是人生，无法重复的选择。"

面对无法重复选择的人生该怎么办？

第一，仍然要选择。人的一生，就是选择的一生；不选择就不叫人生。无论选择对与错，必须选择！

第二，人的一生不可能都选择对了，也不可能都选择错了，但重大的选择尽量不错或少错！回首往事时，尽量少一些人生选择的遗憾！

第三，一旦作出了选择，并且是正确的选择，就要坚持走下去、做下去，并为选择的后果承担责任。

《水色》，布面油画　王嘉陵（2012 年）

# 65 书与自己

**看书，是在书中寻找自己。有书在，永远踏实**

　　这是中央电视台一位非常著名的新闻主持人的一句名言，也是很耐人寻味的一句话，更是很值得点赞的妙语。

　　这位主持人也是一个很有思想、受人喜欢和爱戴的人！他本人就喜欢读书，也写过好书。

　　看书就是看自己，就是在书中寻找自己，不仅仅是自传体的书。

　　第一，看书的人，可能找到了一个喜欢看书的自己。

　　通过看书，看到了、寻找到了一个愿意学习的自己。

　　有人说："只要是还在读书的人，就不会彻底堕落，彻底堕落的人是不读书的。"找到了一个什么样的自己？一般来说，是一个积极向上的自己，不愿意堕落的自己，一个渴求学习知识的自己，一个以书为伴、有书就感到踏实的自己，当然也是一个讨人喜欢、受人尊敬的自己！

　　第二，看什么样的书，也会在书中找到什么样的自己。

　　什么人看什么书。经济学家，看的经济学方面的书可能就要多一点；文学家，看文学类的书可能就要多一点。反过来，你喜欢看经济类的书，你喜欢看文学类的书，虽然你还不是经济学家，还不是文学家，但是，你看到了一个经济学爱好者的自己、一个文学爱好者的自己。

第三，在你所看的书中，有不少人、不少事，正面的、反面的，伟大的、平凡的，虽然不是你自己，但你可以从中学到他们正反多方面的东西，有益于完善自己、丰富自己、修炼自己。

第四，当你在人生的旅途中迷失了方向，找不到北，甚至不知道自己在干什么，不知道自己是谁的时候，不妨读一下书吧！在书中能找回你自己，可能还会找到你的"本我与超我"。

# 66 人生与书和人

许多大学的硕士生、博士生导师在入学面试时，一般都要问考生：你读过哪些书？比如，你是考取管理类的研究生，一般要问你读过德鲁克的哪几本书，特别是他的代表作读过没有？从而看出你在管理方面的基础和学术素养。

同样的，文学方面的、哲学方面的、经济学方面的、建筑学方面的、医学方面的、农学方面的，大都如此。而且，进入研究生阶段，导师还要要求弟子大量读书，专业的、非专业的，都作要求。没有厚基础、宽口径，怎么可能占领学术的制高点？

即便是工作后，读书依然是攀登人生高峰的云梯。

走到人生的高点，还要看你遇到什么样的人。

物以类聚，人以群分。

一方面，在人生的关键处、节点处，有"贵人"相帮，你会少走好多弯路。"贵人"是谁？贵人在哪里？贵人就是你的父母、你的老师、你的领导、你的同事、你的朋友。只要你真诚待人，帮助你的贵人就会有很多！

另一方面，你遇到的人，还包括你的生活圈子中的人，看你都结交了一些什么样的人。你遇到优秀的父母，好的家风家教，在你的人生旅途中，你会飞得高、走得远！你遇到好的老师，会助你学

《秋天》，水彩画　刘明明（1989 年）

到很多知识，包括做人的道理，你也会飞得更高，走得更远！你遇到好的丈夫或妻子，那是你特别重要的人，那是你的福气，会给予你很大的动力，助推你发展得更好。当然，遇到了好领导、好同事、好部下、好朋友，更是可以让你在人生的道路上走得更顺、更好。

不可能都遇到好人，也不可能都遇到坏人！遇到好人看缘分，更要看自己的素质素养。遇到坏人，也看自己如何对待相处！

就算到不了理想的人生高度，也要多读点书、读点好书、交点好人！

# 67 读什么样的书

既要读有字之书，还要读无字之书，往往无字胜有字
既要读有用之书，还要读无用之书，往往无用胜有用

2007 年，我入选并被评为重庆市首届"十佳读书人"，在大会上，时任重庆市市长王鸿举亲手把证书发到我手里。

其实，我读的书并不多，名著也读得不多。重庆市比我读书多、读书好的人多得很。但我的确喜欢读书，而且我喜欢摘录别人精彩、经典的语句，并在写作和演讲中运用。

曾经为大学生、社会人士作过多次关于读书方面的演讲，我谈的是为什么要读书、读什么样的书、怎样读书。

一般说来，人们所读之书，都是有字的。但是，有很多"书"也是没有字的。比如，我们的老师就是一本书，我们的领导、我们的父母、我们的孩子等，都是一本本书，是无字之书。我们应该读好这些无字之书。

还有不少书，当下看起来没有多少用。但是，人生一辈子到底能做些什么，往往自己也不知道，也许会变换不少次工作，而在小学、中学、大学时，许多书对自己这一辈子有没有用，自己并不太知道。所以，小时候、青少年时，就要打基础式地多读一些东西；而中老年了，工作定型了，读的书与工作可能有的有关系，有的没有多大关系，但也可以修身养性地读一些书，陶冶情操。

当然，也不是什么书都一定要读，人的时间、精力不够，捡到筐里面来的并不一定都是菜。所以，还要选择性地读书。

# 68 读书，读书，还是读书

> 读万卷书不如行万里路；
> 行万里路不如阅人无数；
> 阅人无数不如仙人指路；
> 仙人指路不如逼上绝路；
> 逼上绝路不如回头读书

社会上流行着这样的语言，我在演讲时引用并加了一些话。

要读书，但不能死读书，读书还要与实践结合起来，与游览名山大川时的学习结合起来。行万里路，就是强调要把理论与实践相结合，而且，在"行路"（工作、生活、学习、旅游）中也可以学到很多知识。

人的一生会见到很多人，与不同的人相见、相识、相知，甚至相爱。每个人都是一本书，一本无字之书，甚至是一本天书。与不同的人打交道，会得到许多书本中、游览名山大川中得不到的收获。

见了不少的人，有的人可能与你有缘，会交往，会深交；而更多的人则是擦肩而过，不会给你留下什么印象，也可能没有太多的帮助。但是，这些人中，如果有仙人，或者高人、名师，给你指点迷津、指点人生的方向、指出你的不足之处，你可能就会获益多多，可能少走许多弯路。

许多人，无论读了多少书、行了多少路、阅了多少人、受高人指点了些什么，无论是经历了些什么，只有当他被逼上绝路后，才

《波尔利教堂》，水彩画 刘明明（1997年）

会"置之死地而后生"，幡然醒悟，像变了个人似的。

逼上绝路过后怎么办？还是要读书才行的。因为行路、阅人、指路、绝路，其实都是在读书，都还要读有字和无字的书！

# （69 幸哉欣赏心

古语说得好，人的一辈子，三贫三富不到老。

天有不测风云，人有旦夕祸福。人完全可能一无所有。

有人说，我有 100 万，怎么是一无所有？但是，人家可能是 1000 万，100 万与 1000 万比起来，可能算一无所有。

有人说，我有 1000 万，但与 1 个亿、10 个亿的比起来，可能算一无所有了。

就算有 10 个亿、100 个亿的人也可能是一无所有，因为他可能思想赤裸，精神贫困。

我们都可能一无所有，但是，所幸我们还有欣赏心存在。

这个世界值得我欣赏的东西太多太多了。

比如，天上的月亮，它曾经照耀过西施、貂婵、王昭君、杨玉环，想一想，照耀过中国四大美女的月亮不值得我们欣赏吗？

比如，天上的这轮明月曾经照耀过秦皇汉武、唐宗宋祖，照耀过一代天骄成吉思汗的，这样的月亮应该值得我欣赏。

今月曾经照古人，古月也在照今人啦！

用我们的欣赏心，欣赏世界、祖国、民族、社会、组织、领导、部下、同事、家人、朋友、自己，欣赏花草、树木、鸟虫、自然、环境、风景，欣赏昨天、今天、明天，"一切从欣赏开始"——努力提高我们的欣赏水平和欣赏能力。

# 70 人生的哭与笑

## 人虽然是哭着生，却一定要笑着活

这是诗人汪国真的佳句，我很是喜欢！

孩提时，父母对我们讲，人的一生要经历好多好多磨难、痛苦，所以，投胎来做人的"前世者"都不愿意，于是，转世之神就打他，逼他来人间投胎做人。所以，孩子生下来都哭，很少有笑着出生的；而且，生下来后，小孩的屁股都是一块块青着的：被打了的！此乃笑话而已，传说而已！

尽管人生要经历很多苦难，有很多令人伤心落泪的事，但还是要笑对人生，笑着活下去。因为，你再伤心、再哭泣，苦难不会由此减少分毫，可能反而增加更多；如果笑对人生，心情好一些，不把苦难当一回事，伤心一下、哭泣一下就算了，过去的就让它过去了，再继续努力，可能今后的伤心事、痛苦事就少一些！灾难奔向哭泣人，幸福偏爱笑容面。

人常说，笑比哭好："啊，朋友，你是喜欢哭还是喜欢笑？啊，我看如果能笑还是笑笑笑笑笑。在生活当中忧愁苦闷虽然免不掉，人生路上幸福欢乐总是会找到。"这几句歌词很好！

笑比哭好，不等于说哭就一定不好！适度地哭一下，对人的身心健康也是有好处的。甚至，哭可以释放压力，让不好的情绪得到一定的舒缓。

让生活爱我

人生都有幸福和痛苦，都有悲欢离合，如同月有阴晴圆缺一样。

但是，如同歌曲《岁月神偷》中所唱的："能够握紧的就别放了，能够拥抱的就别拉扯"，"岁月是一场有去无回的旅行，好的坏的都是风景"，"笑着哭着都快活"。眼泪，有时候是一种无法言说的幸福。微笑，有时候是一种没有说出口的伤痛。

"看春回大地阳光明媚青春多美妙，千万不要泪水浸泡自己寻烦恼"。哭也是活一天，笑也是活一天；何不高高兴兴、快快乐乐活好每一天？！

# 71 人生、快乐痛苦与选择

> **品味人生，最大的快乐莫过于选择**
> **品味人生，最大的痛苦也在于选择**

有人说，人的一生，就是选择的一生。

人的一生，经常处在十字路口，是向左还是向右？是向前还是向后？是停止还是继续前行？是走快一点还是走慢一点？

人不能不作选择。

读书学习，要选择上什么样的学校，以什么态度来从事学业。这节课，我是认真听还是不认真听；上课是玩手机还是不玩手机等，都要选择。

过斑马线、见红绿灯，是按规则按绿灯走路还是闯红灯，每个人都要选择。

上了车，见了老人，是让座呢还是视而不见，也要进行选择。

在工作中，是爱岗敬业、做好本职，还是得过且过、不认真负责，也要进行选择。

在家里，是和睦相处、其乐融融，还是成天吵架、矛盾多多，还是要选择。

找一份什么样的工作，交一个什么样的朋友，找一个什么样的婚姻伴侣，一个人哪能不作选择？

有的选择对了，快乐无比；有的选择错了，痛苦无比。不可能都选对，也不可能都选错。当然选择就不可能都是痛苦的，也不可

能都是快乐的，这就是人的一生。

怎样选择才相对好一些，错少一些、小一些，对的要多一些、大一些呢？

方法千万个，道路万千条，其中之一：权衡利弊。两利相权取其重，两弊相权取其轻。选择后，无论对与错，都要进行总结。

# (72 如何看待放下

智者和愚者有很多区别。

在知识分子眼里，充满希望的人是智者，总是处于绝望中的人是愚者。

在寻常百姓眼里，智者就是智者，愚者就是愚者，一眼就看出来了，哪有那么多的废话！

在理论家那里，对智者、愚者怎么能简单地下结论呢？那可是要建立一个什么什么模型的，要经过若干次测试的，最后的结果还需要经过实证检验的。

在佛陀眼中，愿意放下并能做到的人是智者，总是不愿意放下的人是愚者。

不是要人们都信佛教，但是，佛之"放下"及对于前进和绝望的阐释也确实有一些道理！

放下，不是放下远行的念头，不是放下既定的目标，不是放下前进的方向，不是放下所有的希望和梦想。这里的放下，恰恰是放下不应该有的奢求奢望，放下思想的包袱，放下压力，以便轻装上阵，为达成目标目的，走得更快，走得更好！

放下，并没有让人们绝望，反而让人们充满了希望。

不能放下，就会背负太多，负重前行，困难多多，哪里走得动？

什么时候才能走到胜利的彼岸？结果反而使人们感到绝望！

能够放下，是智慧；放下过后能勇往直前，更是大智慧！

关键的问题是，要放下，还要学会放下，放下是一门艺术。

放下该放下的东西，而有的东西不仅不能放下，还要坚持持有，而且可能还要增加一些东西在肩上！

放下吧！放下了！再放下一些吧！你能放下多少，幸福就有多少！

# 73 喜欢上自己

## 让自己成为一个自己都喜欢的人

做一个让别人喜欢的人，方法有很多。有人说了，第一，对人要诚，这是最为关键的；第二，学会观察，顾左右而言他，言行才得体；第三，嘴巴要甜，也就是对人热情，嘴巴甜一点不是坏事；第四，总是尊重别人，特别是学会无条件尊重别人；第五，脸上总有微笑，微笑是全世界通用的语言！是的，给别人一个微笑不但是一种礼貌，而且极易让人产生一种亲切感，别人也更愿意和你交流。

时下，很流行的是"要做一个自己都喜欢自己的人"。喜欢自己，不是那种"自恋症"或"自我吹嘘"，而是喜欢自己这个人的方方面面！

常听人说："我自己都不喜欢自己！""我自己都讨厌自己！""我自己也想不通，我怎么就是这样一副德性！"还好，说这种话的人，是有自知之明的人！

怎样做一个自己都喜欢的自己？方法很多，途径很多，但有几方面是共性：

第一，外貌让自己喜欢。不一定很漂亮，但可以有笑容、有气质。不妨经常用镜子照一照。衣冠可以不华丽，但要整洁。

第二，内在的素质素养要修炼好。"内优才能外胜！"内在的东西会外化、外溢，从一个人的外表也能看出其内在的修养、学养、教养、涵养、素养。

《郁金香》，水彩画　刘明明（2000 年）

　　第三，言行得体很重要。这里的得体，就是符合法律、社会公德，符合常理，符合人之常情。

　　第四，站在别人的角度来思考一下，别人会喜欢我什么？我不为别人而活，但我不能不考虑别人的感受，不能因为自我喜欢而太任性任意、我行我素！

　　第五，吾日三省吾身。还有哪些我自己都不喜欢的自身行为习惯，要速改之以从善！

# 74 人之信仰

---

## 人无信仰，走不了多远，飞不了多高

---

信仰，是指对某种主张、主义、宗教或对某人、某物的信奉和尊敬，并把它奉为自己的行为准则。

信仰是心灵的产物，信仰是个人的意识行为，信仰是一种灵魂式的爱、关爱，信仰是人类最基本的一种情绪，信仰是人们灵魂的标注，信仰是一个人的信任所在、价值所在。

信仰有不少种类，如宗教信仰、哲学信仰、政治信仰、共产主义信仰，等等。

信仰很重要！

某专家说："道德生活是伴随人类发展始终的社会现象，而信仰是支撑道德生活的基石，它是人类生存须臾不可分离的基本生存条件，它从根本上决定着人类道德实践的范围、层次和方式。"

"信仰不但赋予道德以自律的本性和意义，而且是人们的精神支柱和道德选择的坐标。""信仰不但可以提升人们的道德境界，而且可以塑造人们的道德人格。""信仰不但是道德行为的动力，而且是人生路上的'指向灯'。"

《法苑珠林》卷九四有言："生无信仰心，恒被他笑具。"

人类不同于其他生物，根本在于人有意识、有信仰。有的人终生都有信仰！

122 |

　　信仰能征服死亡恐惧、追寻世界本源、反思生存意义、化解不确定性、确立价值目标，让灵魂有存放的地方。信仰能确立人生目标、把握奋斗历程、陶冶精神境界、养成抗挫能力、塑造道德魅力、调整身心关系、处好人际关系、培养乐观情趣、疏解紧张情绪。信仰确立了个体的人生意义和价值标准，也成为个体毅然前行的巨大动力。信仰使你飞得更高，走得更远，发展得更好，活得更有意义！

# 75 人生高境界

有人说，人的一生中，学习的最高境界是"悟"。孔子说：学而不思则罔，思而不学则殆。读书学习必须有所思、有所悟，否则，只是死读书、读死书，到头来读书死。到了一定高度的境界，人与人的差别不是简单的知识的多少，而在于这个"悟"字。学富五车，不如人生一悟！

有人说，人的一生中，做人的最高境界是"舍"。舍才能得，这个道理看似简单，但很深刻，很多人却并不真正懂得。因为不能舍，就有很多东西得不到，反而还失去了：失去了知识、金钱、爱情、名誉、地位，甚至失去了生命！

有人说，人的一生中，生活的最高境界是"乐"。有高兴的事要乐，有痛苦的事要乐——谓之苦中作乐！祝福别人快乐，自己寻找快乐，把快乐带给别人！

有人说，人的一生，修炼的最高境界是"空"。不一定都要遁入空门，不是要我们目空一切，但却可以四大皆空，不恶逐名利，还可以虚怀若谷坦荡荡！

有人说，人的一生，交友的最高境界是"诚"。交友要交心，心诚则灵，拜佛如此，交友也是如此。对人诚，友多如云，知心者众；对友诚，挚友伴终身。

123

　　有人说，人生的最高境界是"静"。尤其是心静。静，主要在心。心不静，就生烦恼，就生事端，就有麻烦。平常是道，静心即禅。到了人生心静的高境界，一切尽在不言中，事事都要静中做。

　　有人说，人的一生，爱情的最高境界是"容"。在爱的世界里没有谁对与谁错，只有谁不懂得珍惜谁！怎样珍惜？最好的方法是"容"！宽容、包容、涵容、海容，容天容地，容天下难容之事，容爱情之可容与不可容！

# 76 彩排与现场直播

## 人生没有彩排，每一次都是现场直播

有的人，在听报告、演讲的时候，无论人家讲得好不好，他（她）总是低头玩手机、看微信，成了低头一族；有的人则带一些不相关的书籍报纸自己看起来。有人调侃是"正做不做，豆腐蘸醋"。

听人家作报告、演讲，就是一次现场直播。人家讲完了，不可能再为你单独讲一次，而你的微信、书籍报纸，在报告后是完全可以再看的。

有一位大学领导对学生这样讲道：有的大学生因为考试考不好、恋爱谈不成，就自杀，这是多么不负责呀！要知道，你的身体、生命不仅仅只属于自己，还属于社会、属于学校、属于老师、属于你的爸爸妈妈，你没有权利不负责任地处置你的身体和生命。要知道，人自杀后就回不来了，自杀是没有彩排的，都是现场直播。

你不能说，这次自杀死了是不算数的，是彩排，我重新再来一次。那怎么可能？

而且，一个人连自杀的勇气都有了，为什么反而没有活下来的勇气呢？

其实，人的一生都是如此，包括每件事都是如此：没有彩排，每一次都是在现场直播。

# 77 改过从善

这是宋代朱熹《朱子语类》卷二十一中的一句话。

习近平同志于 2014 年 3 月 18 日在河南兰考县县委常委扩大会议上讲话时引用了这句话。

这里的"不善"，就是有一定的过错、不善的言行。其意思是知道自己有过错了，就立即、快速改掉以从善。如果一个错误放过了，不立刻改正，下一个错误必然也会放过；多次放过，纵容自己的结果，可能就要出大事。"大错误"也是从"小错误"日积月累而来的。《左传》也讲了：人谁无过？过而能改，善莫大焉。

《孟子·滕文公下》中有一则寓言：

有一个人每天都偷邻居家的鸡，有人劝告他说："这不是有道德者的行为。"那人回答说："那么，我打算减少一些，一个月只偷一只鸡，然后停止偷鸡。"

我们提倡的是："迁善如风之迅，改过如雷之烈。"

这一点，苏东坡就做得比较好。故事：苏东坡与王安石私交甚厚，他们经常在一起切磋诗词。有一次，苏东坡去王安石家拜访，恰逢王安石不在家。苏东坡看见书桌上有一首未完成的诗，只有两句："昨夜西风过园林，吹落黄花满地金。"苏东坡看后，心中好笑，认为菊花怎能像春天里的花一样，在一夜之间落得满地花瓣？于是，他续了两句诗："秋花不比春花落，说与诗人仔细吟"，以讥嘲王安石。
王安石回到家看到续诗，心想：真是少见多怪！

后来，苏东坡被贬到湖北黄州当团练副使。有一晚，一夜秋风过后，第二天院内菊花被刮落遍地，满地金黄。此时，苏东坡深愧自己妄自续诗，见识短浅。回到京城后，他即当面向王安石认错。王安石称赞说："知错能改，是难能可贵的啊！"

# (78 失败与痛苦

**最痛苦的事不是失败，而是我们本可以避免失败**

人们都梦想获得成功，人们都不想陷入失败。

人的一生，有成功，也有失败；不可能事事、时时成功，也不可能事事、时时失败；不可能一直成功，也不可能一直失败。

过去，有过多次成功与失败，今后，还有许多成功与失败在等着我们。

成功与失败，都是一种极为普遍的人生经验和人生经历。

花开花落、日升日落、潮涨潮落，何其正常。成功的喜悦，失败的沮丧，也是人之常情。人与人的区别不在于是否失败，而在于如何应对失败。

失败总是带来伤害和失望，会造成一定的伤痛，有的人可能因失败变得更糟，甚至越来越坏，可能一蹶不振。最使人伤心的是这次失败本来是可以避免的，追悔莫及！但是想一想，它也可以成为一段内容丰富、充满教育性的成长经历——只要我们客观面对，总结出下一次该如何做的经验，坚持追求我们的目标，就会更接近成功。

失败还可能提供新的机遇；失败可以让我们更强大；有些失败也是成功，至少可能正在走向成功；失败使得未来的成功更有意义；成功并不总是必要的，虽然失败是成功之母，但有时成功也是失败之母。

| 129

　　成功一定有方法，失败一定有原因。失败了，甚至多次失败了，怎么办？调整好心态，自我激励，总结经验教训，特别是要找原因、找诸多原因、找根本原因、找起始原因，然后再想出应对的办法，避免下一次同样的失败，不要留下本可避免失败的遗憾。

　　人的生命，似洪水奔流，不遇到岛屿和暗礁，难以激起美丽的浪花。

# ⟨79 乐观与悲观

　　问题和机遇对每一个人来说都会碰到，甚至是很公平地碰到。但是，人们发现，有的人总是问题缠身、麻烦多多；有的人则问题并不多、麻烦也不多，就算有了问题和麻烦，好像也能逢凶化吉、遇难呈祥。有的人总是觉得没有什么机遇，而有的人总是机遇多多。

　　为什么？原因很多！但是，最重要的原因主要还是一个心态问题。

　　心态决定状态，状态反映心态。

　　对同样一件事、一个物、一个人、一个数字、一个活动，不同心态的人，看法可能截然不同。

　　悲观的人，心态当然不好，他看什么都不顺、都不舒服。当然，问题让他碰上了，他要么束手无策，要么埋怨多多，要么退避三舍，要么吓倒在地。就算是机遇来了，本来是好事，但他可能对机遇视而不见，"只见树木不见森林"，更多的是看到了机遇后面的问题，甚至误把机遇也当成了问题，当然就与机遇擦肩而过、失之交臂了。

　　乐观的人，当然是心态好的人，他也会遇到问题，可能是许多经常性的甚至是不小的问题，但他没有被问题、困难吓倒。他首先看到的是问题后面有机遇，于是，就去找原因，就去想办法解决问题、克服困难。这样，问题也解决了，机遇也抓住了，而且可能

130

还化危为机了！更有甚者，心态好的乐观者，他可能直接把问题就看成了机遇，迎着困难上，把困难、解决问题本身当成一件快乐的事来做。于是，机遇就会主动找上门去。

那就调整心态吧！让心态更阳光一些！

那就去掉悲观，让自己乐观更乐观吧！

# 80 伟大与平凡

这是我国一位非常知名的英语教学与管理专家的名句，也是我很喜欢的一句妙语，也是很值得点赞的话！

在许多人眼里，这位知名的英语教学与管理专家就是一个神话、一种神奇，也是一个从平凡堆积起来的伟大的典型！

真正称得上伟大的人并不多，就是伟大，也有多种多样的伟大。

正常的人，大都曾经做过未来成就伟大的梦："不想当元帅的士兵不是好士兵。"也有许多职场中的人，尝试过走向伟大，但只有很少的人成功了，绝大多数的人与伟大无缘。

人，不可能一生下来就伟大。伟大的人与平凡的人，一生下来的哭声都是一样的，不可能这是伟大的哭声，那是平凡的哭声！

伟人也是从平凡做起的，而且经过了无数次平凡、经历了无数次磨难，甚至在伟大的门前徘徊过多次，甚至可能多次被伟大拒之门外。

不要埋怨自己不伟大的现实，不要埋怨自己没有伟大的命，伟大的人的命与我们每个平凡人的命都是一样的，只不过，他们会用平凡来堆积伟大，并持之以恒；只不过，他们从平凡做起的时候，遇到困难，没有退缩，而是勇往直前；只不过，他们比绝大多数平凡的人更加努力，流下了更多的汗水，用了更多的业余时间。

更重要的是，绝大多数人就是不断用平凡来堆积，也不一定能成就伟大，但是，作为平凡的人们，我们所做的每一件平凡事都做好了，其实就伟大！

# 81 心静心清

清静，有安静、冷静的意思，但更多的是心理状态：心性纯正，恬静，清心寡欲，心若止水。

佛教中讲"清静""清与静""静与清"的比较多。如："一笑一尘缘，一念一清静""六根清净"（眼耳鼻舌身意）。佛家以达到远离烦恼的境界为六根清净，比喻已没有任何欲念。

当今社会，浮躁的东西不少，许多人不能静与清，静不下心来。不能静心读书，不能静心务工，不能静心务农，不能静心服务，不能静心搞管理当领导。

让自己的心静下来，"静心方可悟道"，静到能听到自己的心跳心声，知道自己该干什么、不该干什么！

心静才可能心清！"清心"才能"寡欲"。让自己的心清下来，清得来像一面明镜，能照见万物的实性，把纷繁复杂的世界看得清清楚楚、真真切切、明明白白。

要让自己静与清下来很难：内心的浮躁、外界的干扰，树欲静而风不止。

佛家讲修行。修持的入门功夫，主要是从身和心两方面着手。把不好的念头修理掉，称为修心，修心的主要功夫是禅定；把不好的行为修理掉，称为修身，所以修身也可称为修行，修身的主

| 133

要功夫是持戒，持戒的目的是守护根门——守卫保护住六根的大门，不让坏事从六个根门之中溜进我们的心田，以致种下生死流转的祸苗。

　　不可能每个人都出家修行，也不是每个人都要信仰佛教。要让自己心清、心静，也不是只有去修行才行。如果是共产党员，就要提高自己的修养，"内优外胜"；不是共产党员的，就不妨学一些佛教修行的方法，更重要的是，提高自己的情商素养，看一下曾教授写的《让心态更阳光》，调整自己的心态，也是很好的。

# 82 心累与心情

当下，不少人觉得活得累。累，不是干了多少体力活而累，而是觉得心累。

网有"小小一艾草"说，人生，说到底，活的是心情。推而广之，活得累，皆是心情，就是左右一个人心情的东西太多了，就累了。

第一，心里面放置的东西太多，感觉累。如同一个人负重前行，重量超过了他能够负重的能力一样。一个人的心里能放多少东西，无法计算，但是，心里面东西放得太多，当然就累。

佛说：要"放下"。有一则故事：两位禅者走在一条泥泞的道路上，走到一处浅滩时，他们看见一位美丽的少女在那里踯躅不前。由于她穿着丝绸的罗裙，使她无法跨步走过浅滩。"来吧！小姑娘，我背你过去。"师兄说罢，把少女背了起来。过了浅滩，他把小姑娘放下，然后和师弟继续前进。师弟跟在师兄后面，一路上心里不悦，但他默不作声。晚上，住到寺院里后，他忍不住了，对师兄说："我们出家人要守戒律，不能亲近女色。你今天为什么要背那个女人过河呢？""呀！你说的是那个女人呀！我早就把她放下了，你到现在还挂在心上？"

第二，目标太高，超过了自己的能力。目标与现实有差距，从而产生努力奋斗的张力。但是，目标与现实差距过大，可能心里就

| 135

很累了。这时，要么就适度降低目标，要么就加大努力的程度。

第三，在坚持和放弃之间徘徊，举棋不定，难以取舍，也就感到很累了。怎么办？要敢于坚持，还要勇于放弃。坚持该坚持的，放弃该放弃的。

第四，总是攀比，一味攀比，越比越灰心，越比越丧气，心情当然就不好，当然就活得很累了。怎么办？要比，但不妨退一步再比。

第五，"看淡世事沧桑，内心安然无恙"。这里的"看淡"，不是说不思进取，不是说什么都无所谓。可追求而不强求，可力求而不妄求，有欲望而不奢望。

第六，时不时把左右自己心情的东西清空、清零、格式化，轻装上阵！

# ⟨83⟩ 苦与累

> **只要心不苦，就不辛苦**
> **只要心不累，就不觉得累**

随着年龄的增长，花甲之年的我越来越感到体力、精力大不如以前了。真是岁月不饶人！

回顾我 50 岁后的近 10 年，的确还干了一些事：当过院长、书记、教授、硕导、博导、博士后导师；担任过几个大型国有企业的独立董事，担任过一些民企的顾问；做过一些国家级、地方政府和企业的课题；出版了 20 多本以个人署名的书，发表了不少论文；积累了 100 多个演讲专题，在全国各地的机关、学校、医院、企业等作了不少演讲，大多数演讲受到欢迎；上了两次中央电视台"百家讲坛"栏目作演讲。

我不打麻将，到现在还不会打麻将；会斗地主，但不斗；从不赌钱。大多数时间早上 6 点左右起床，晚上 12 点前很少睡觉。

我演讲时基本上是站着的，有时候一站就是 3 个小时。

有人问，教授，你半百过了，都是花甲之人了，累吗？辛苦吗？

我回答说，其实很苦很累的！

但我又回答，只要心不苦，就不辛苦；只要心不累，就不感觉到累。

苦和累，主要在心。

# 84 从容淡定与心平气和

> 置身世外，谁都可以从容淡定
> 身临其境，谁还能够心平气和

要不要打孩子？我在演讲时对家长们作过多次调查，结果是没有统一的答案，大概比例是 2 ： 3，即 2/5 的人赞成要打孩子，3/5 的人反对打孩子。

赞成打的人认为，不打不成器，古今中外，有很多孩子都是因为打而成就伟大事业的；有的父母则认为，打是很好的警示，给孩子留下更深刻的印象，今后不再犯同样的错；有的家长则认为，有时孩子把父母气得实在没有办法了，除了打，简直就没有别的更好的方法来教育孩子了。

故事：丈夫下班回到家里，看见夫人在揍儿子，没有理会自己，有些生气。他便径直走进厨房，看见小矮桌上放着煮好的一锅馄饨，于是，他盛了一碗吃起来。他发现今天的馄饨与以往的馄饨味道有一些不同。

吃完馄饨后，看见夫人还在那里教训儿子，他实在看不下去了，就说："夫人，教育孩子不要老是用暴力，要多讲道理，以理服人嘛。"

夫人听了后对丈夫说："你说得简单！你说这小子不揍行吗？好好的一锅馄饨，一转眼没有看住，他居然撒了一泡尿进去了。"

丈夫听了，先是愣了一下：怪不得今天馄饨的味道与往常不同啊！

愣了一下后，丈夫马上说："夫人，你歇会儿，让我来接着揍他！"

也许这只是一个笑话。但是，也代表了要打孩子的那部分人的理由。

有道是：置身事外，谁都可以心平气和；身临其境，谁还可以从容淡定？

岂止要不要打骂孩子，生活中、工作中、学习中，很多事情都是如此，"事非经过不知难"呀！但我认为，教育孩子应少打为好，最好还是不打。

《高山白云驴行》，水彩画　刘明明（2004 年）

# $\widehat{85}$ 心疼与宽容

## 爱，就是没有理由的心疼和不设前提的宽容

这是著名学者周国平先生的一句名言。

一个"爱"字，是千百年来文人墨客笔下的重要题材，是多少人付出青春和生命的圣物，是人与人之间最为珍贵的无价之宝！

若干的爱中，尤以爱情之爱最为动人，最为令人伤心，最为让人讴歌，最为令人追求！追求真正的爱情，哪怕用生命！

真正的爱情是什么？是无条件、无理由、无前提，没有预设任何东西！

心疼对方是常态，宽容对方是必然。由于心疼和宽容，爱情方能持久、永恒！

有人说：没有理由的心疼和宽容，它就是一种给予和奉献，而不是强占和索取，不会让对方感到压抑、可怕；它就是一种信任，而不是猜疑，因为一味的猜疑只会让对方离你越来越远；它是一种互动，而不是单方面的施舍，要求一方报恩，只会让对方陷入痛苦；它是一种心灵的感应，不是外在，而在内心，若只是为了追求般配而结合，只会给彼此造成终身遗憾；它需要窃窃私语、温心情话、亲切笑容、海誓山盟，但更需要的是相濡以沫、共赴患难、心心相印、真情流露；它是一种能力，而不是依附；它是一种精心的呵护、细心的经营，而不是一种赤裸的交易、冷淡的勉强。

由于没有理由的心疼和不设前提的宽容，真正的爱情便成了一首诗，成了一首歌，成了一碗茶，成了一杯酒，成了美妙的故事，成了双方都拥有的圣洁之物！

有人问，人间有真爱吗？夫妻有真爱吗？有人说，真爱是在小说里，是在电影里，是在人们的想象中。但是，很多人都相信有真爱，因为人间自有真情在！

有人调侃："人间自有真情在，给个零分也是爱！"我们扪心自问，我给过别人无条件的心疼和不设前提的宽容吗？如果给过，真情就在，真爱也就在！

# 86 冲动与生活

> **还能冲动，说明你生活还有激情**
> **总是冲动，说明你还不懂生活**

冲动是与生俱来的，是人的本性之一。

因为人有七情六欲、喜怒哀乐，所以，人有冲动的表现和行为也是正常现象，甚至会有人从正面看待它：比如"反应迅速""当机立断"等。

而且，人们深入地研究它，还发现冲动是生命的一种特性，不仅与生俱来，而且是蕴藏在人类基因中的财富。在最原始、最深层的本能和冲动的刺激下，人类才能使生理和心理上的各种基本需求——诸如饥饿、口渴、性，以及对情感、权力和认同感的渴望等——得到满足，才可能有激情。

有人说："没有了冲动，没有了激情，人活着还有什么劲？"再则，没有一定的冲动做后盾，我们的祖先就不可能在恶劣的外部环境下寻求发展。在当今竞争十分激烈的社会中，人类的这种本能显得比任何时候都更宝贵。"恋爱时我们不懂爱情，但需要一定的冲动！"

但是，人们在谈到冲动时，贬义的成分更浓。冲动多指做事鲁莽、不考虑后果、感情特别强烈、理性控制很薄弱的心理现象。可表现为行为上的，也可表现为思想意识上的。所以，人们常说"冲动是魔鬼"！

冲动一时尚可理解，经常冲动则不行，病态的冲动会有害——至少有人会说"你不懂生活"，而且会造成伤害，为什么？因为病态的冲动做事不假思索、感到厌烦、草率鲁莽、不计后果、急于求成，其或行为还具有挑衅性等。因这种冲动而导致暴力行为，家庭暴力、虐待儿童以及一时性起导致的打架斗殴、凶杀甚至自杀事件等，都是其恶果。冲动还会引发生理紊乱，如表现为食欲过盛、酒精和药物依赖等。病态冲动的人对容易上瘾的事物缺乏抵抗力和自制力，如有部分青少年过度沉溺于酒精、上网和毒品，完全不考虑其严重后果，在越陷越深的同时，他们也变得更容易冲动，形成恶性循环！

这哪里仅仅是不懂生活，完全是没有像样的生活，是糟糕透顶的生活！

# (87 喜欢与不喜欢

## 有多少人喜欢你，可能就有多少人不喜欢你

偶然打开电视机，见一电视台记者正在采访易中天教授。

记者说：易教授，你在中央电视台《百家讲坛》的"品三国"讲得很好，听众都很喜欢听你演讲。但是，也有一些人不喜欢你的演讲，甚至在网上说一些不好听的话，您怎么看这个问题？

易教授答：有多少人喜欢你，可能就有多少人不喜欢你。

我看了电视，听了易教授与记者的对话，深深地被易教授的哲理性回答折服。

我第三次到中央电视台《百家讲坛》拍片，曾经见过易教授，与他和王立群教授同桌就餐。在《百家讲坛》作演讲，虽然我比他们都出道要早，但是，他们都比我讲得好，名气也比我大，我很佩服他们的演讲和学识！

不可讳言，易教授，还有其他的一些非常知名的《百家讲坛》的大牌演讲者，包括我自己这个一般性的演讲者，在演讲中可能也会讲错一些内容，有的人虽然没有错，但演讲的语气、语调、普通话的标准程度、动作和姿势、演讲的风格等，有的观众、听众也不尽喜欢，但是，演讲者们也是人，怎么可能没有一点错呢？

而且，全国那么多听众、观众，每个人的口味又不同，谁上去演讲也不可能达到百分之百的满意率。

145

　　"人非圣贤，孰能无过？"就算是讲错了的，你把错了的去掉，去欣赏他们讲对了的部分，不是也能获益吗？

　　况且，演讲者所作的演讲，大多数还是对的，听众认真地听，还是可以知道、学到一些东西的。实在不行，你觉得人家讲得不好，有的是错了的，也可以"奇文共欣赏，疑义相与析"。

# (88 快乐与痛苦

**快乐的人不是没有痛苦，而是不会被痛苦所左右**

快乐和痛苦，人皆有之！

正常的人，不是每时每刻都快乐，也不是每时每刻都痛苦。

痛苦的人，不是没有过快乐。如同"哥哥"张国荣抑郁自杀，难道他就没有快乐过？难道他的心态就没有阳光过？只不过，痛苦的人，他的快乐有多少？他能否很快走出痛苦与困扰？他能否化痛苦为快乐？他是否被痛苦所左右、被痛苦压倒？

快乐的人，也不是没有痛苦。有人说，"风光的背后，不是沧桑，就是肮脏"。

快乐的人，他的痛苦到底有多少、有多大，只有他自己才知道，而常人是很难见到的。他的痛苦常常被他快乐的外表和神情掩盖了。

有人问鱼："怎么没有见到你流泪呢？"

鱼回答道："因为我在水里！"

快乐的人不是没有痛苦，而是因为他有快乐的心态，所以，痛苦的事会怕他，会绕道而走，从而他碰到的痛苦、麻烦事就少，摊事、摊上大事的概率就小得多。

快乐的人不是没有痛苦，而是因为他们有了痛苦后，痛了一会儿、苦了一会儿，很快就过去了、放下了。他们不会让自己一直陷入痛苦的困境不能自拔。

《蜀道》，水彩画　刘明明（1995 年）

147

　　快乐的人不是没有痛苦，而是因为他们很聪明，他们能把痛苦的事转化成快乐的事："我丢了十元钱，还好，我没有丢 100 元钱。"自我"阿 Q"的精神胜利法，他们运用得很娴熟，甚至把痛苦的事当作交一次学费、一次机会、一次历练，下一次就能少遇到痛苦的事了。于是，他们感到快乐！

　　快乐的人不是没有痛苦，而是不会让自己成为产生痛苦的人和事以及痛苦本身的奴隶，不会让痛苦压垮自己，不会让痛苦阻碍自己的工作、生活和学习，不会让痛苦扫了自己的兴致，不会让痛苦左右自己。

# (89 爱与拥有

你所爱的东西，不一定都能拥有
但是，你已经拥有的东西，一定要好好爱它

这样的爱，人如此，物如此，名誉、地位、权力、时间、健康、生命、家庭等，都是如此。

我会开车，也爱名车，特别喜欢法拉利、宾利、劳斯莱斯这些名车。但是，我不可能拥有它们！

有的电影女明星很漂亮，特别是化妆后很漂亮，如蒋勤勤（琼瑶说她是大陆影视界第一美女）、陈好等。有人说真有点"喜欢"她们的感觉。

但是，一般人是不可能得到她们的欢心和爱的。

爱与被爱都是需要有能力的，是双方、双向的！

你爱法拉利、宾利、劳斯莱斯，它们爱你吗？

你爱蒋勤勤、陈好，她们爱你吗？

我开了辆帕萨特，我就好好爱护它吧！

我有家庭和我的妻子，我就好好爱他们吧！至于美女影星，我成为她们的粉丝，呵护她们，祝福她们，不是很好吗？

我在重庆大学工作，我就要好好地爱重庆大学。但是，重庆大学爱我吗？

如果我不能好好地工作，教书育人效果不好，甚至损害了重庆大学的利益、形象，给重庆大学抹黑了，我就不是在爱重庆大学，而是害了它。当然，重庆大学也就不可能真正爱我。

珍惜和爱我已经拥有的东西，是一种美德，更是一种境界。

# 90 关于爱心

## 怀大爱心，做小事情

人，天生就是有爱心的。只不过，后天的环境、后来的教育、多种多样的影响，使不同的人爱心有所不同；就是同一人，在对待不同的人与事、在不同的时间空间里，爱心的表现也是不同的。

每个人都应该有爱心，都应该怀有大爱之心。

爱人者，人恒爱之。

要想得到别人的爱，自己就必须付出爱！

自己付出爱，并不是要想得到别人的爱。

大爱、小爱，仁爱、厚爱，都体现在一个人的为人处事上。

做伟人铸伟业当然是大爱，但是，那毕竟是极少数，大多数人还是在本职工作岗位上重复地做着琐碎的小事。

所以，更多的大爱是体现在我们的本职工作上，体现在做好本职工作上；在社会上就是体现在为别人做点好事，帮助别人。哪怕事很小，只要帮助了别人，就是好事，也就是一种大爱了。

于细微之处见大爱！

# (91 关于悟性

什么才是卓越的执行力？非常重要的一个方面就是要有执行的悟性。

导师很喜欢有悟性的学生。这样的学生，导师指导起来要省力、省心、省事得多，出的成果也更多更好，学生获得的知识也会更多。

领导很喜欢有悟性的部下。这样的部下，执行力更强，执行的效果会超过领导的预期，会提供超额的价值。

领导很不喜欢部下什么都问领导"这个怎么办""那个怎么办"。其实领导并不比部下高明多少。部下所从事的工作类型太多，领导不可能什么都清楚。所以，部下要想好上、中、下三策再去向领导汇报工作。

领导所作的指示，也不可能什么都讲完，一是领导并不会了解那么多；二是会当领导的人会有意识地留下一些空间，让部下去发挥主观能动性，去创新、创造。

所以，领导特别喜欢讲一、悟二、做到三的部下，这样的部下，执行的效果会更好，会超过领导的期望去执行。

# 92 学习大海

---

## 大海之所以能容纳百川细流
## 就是因为把自己放得很低

---

我们要向大海学习，不仅要学它那一望无边的宽广胸怀，学它那不拒细流的包容精神，还要学它那把自己放得很低的姿态。

正因为大海把自己放得很低，百川细流都汇集到它那里，才有可能形成大海。

有人说，一个人做事要"高调"，积极努力；做人要低调，虚心好学。这里的低调，就有大海的精神。

一位领导干部，他与部下之间，有天生的"位差"，再加上，有的领导把自己摆得太高，高高在上，脱离群众，从而使有的领导与部下产生了距离，难以与群众亲近，难以听到部下的真心话，甚至太生分。

所以，党中央用一年的时间，对党政干部进行群众路线教育，恢复党的光荣传统，从群众中来，到群众中去，一切为了群众。还要求党政干部深入群众开展工作，为群众排忧解难，办实事、办好事。

不仅是党政干部，其实每个人都应该像大海那样把自己放低一点。

这种"低"，就是要尊敬别人，无条件尊重别人。

这种"低"，就是要虚心向别人学习，"三人行，必有我师"。

这种"低"，就是要为别人做有益的事，尽可能地帮助别人。

这种"低"，还在于要宽容别人。宽容宽容，有宽才有容，有容才可能宽。

容人之长，容人之短；容人之对，容人之错；容人之私，容人之傲，容人之失败，容天下难容之事。

于是，我们有了大海的风范，我们便成了大海。

# 93 素质素养

提醒了照着办，办得好，就是有素质有素养

提醒了不照着办，我行我素，置若罔闻，就是没有素质没素养

不用提醒，自动自发，自觉自愿做得好，那是高素质高素养

很欣赏作家梁晓声教授的一段话：

"文化"就是"植根于内心的修养，无须提醒的自觉，以约束为前提的自由，为他人着想的善良"。

每个人都可能谦虚地说，我能力不强，水平不高。但是，很少有人会谦虚地说：我这个人啦，就是素质素养差！

一般人都是指责别人的素质素养差！

一次，笔者到某烟草公司作演讲，听众是处级干部，我讲"企业文化"。

刚讲了几分钟，就发现大多数听众一边听课一边吸烟，整个教室烟雾弥漫。我不停地咳嗽，很难受。

培训处处长提醒大家课堂上不要吸烟。大家都听话了。课堂上再也没有人吸烟了。我讲得很顺畅。课间休息时，他们很快冲出去吸烟，有人还两支烟同时吸，把刚才的补上。

我这一辈子，见到两支烟同时吸的情况有两次，一就是这一次，再就是一部电视剧：《我的兄弟叫顺溜》里面的六分区司令陈大雷

《阳春三月》，水彩画　刘明明（1995 年）

就两支同时吸过。

听课吸烟如此，玩手机也是如此。有人调侃地说，中华 56 个民族，现在又多了一个，叫"低头一族"。开会、上班，许多人就在玩手机，提醒了也照样玩自己的。

一个人，会在不经意中显现自己的素质素养。

我们都应该做一名"无须提醒就自觉"的高素质高素养的人！

# 94 弯路直路

人的一生，都在走路。走大路，走小路；走近路，走远路；走上坡路，走下坡路；走熟路，走生路；走老路，走新路；走安全路，走危险路；走光明路，走黑暗路；走直路，走弯路……

走直路固然好，少走弯路嘛，但人的一生不可能都走直路；一般讲，走弯路不好，但人的一生也不可能都走弯路，而且，走一下弯路也并不都是坏事。

把弯路走直的人是聪明的。

因为他多走了几次弯路，知道费时、费力，可能还要误事，于是，从走弯路中去总结经验，去找教训，去找原因：为什么我会走弯路？为什么我又一次走了弯路？我走了弯路的关键环节出错在哪里？于是，几次弯路下来，他聪明了，找到了直路、捷径，今后就少走弯路或者不走弯路了。走弯路不可怕，怕的是不总结经验，不去找走弯路的原因，于是就一而再、再而三地走弯路了。

把直路走弯的人是豁达的。

人，应该说是乐意走直路而不走弯路的，但是，这人居然把本来就是直直的一条路走弯了。他并不是走错了，而是有意识走弯了，因为走一些弯路，可以多了解一些风土人情，可以多看几道风景，可以锻炼一下脚力。而且，今天多走了一些路，超过一万步了，还

155

可以参与某项活动的"捐献",作微薄的慈善活动。

　　有时也是无意中把直路给走弯了的,算是走错路了,算是犯错了,只要不是濒临深渊,只要没有造成灭顶之灾,怎么办?调整心态!路已经走弯了,不如将错就错,多看一下沿路的风景也是很好的呀!许多时候路不在脚下,路在心里。

# 95 寂寞与繁华

## 耐得住寂寞，才能守得住繁华

作者吴文雅写了一本书——《耐得住寂寞，才能守得住繁华》，值得一读，读之有获。谢谢吴文雅提供的好书！

这是一本教育年轻人要学会坚持、宁静淡泊的励志书。其实，对每一个人，包括像我这种进入老年，甚至小有成就的人，读起来也是收获良多。

书中讲："但凡成功之人，往往都要经历一段没人支持、没人帮助的黑暗岁月，而这段时光，恰恰是沉淀自我的关键阶段。犹如黎明前的黑暗，捱过去，天也就亮了。所以说，耐得住寂寞才是一个人自我丰富成熟的重要标志，也是一个人能够做出一番成就的重要条件，更是一个人能够收获幸福、守住幸福的重要因素。"

摘录一些书中的经典语言，作为心灵鸡汤，滋补一下我们的精神吧！

耐得住寂寞，方能自我成长。

生命寂寞如烟花，人生孤独似云月。

人生自寂寞始，寂寞是人生永恒主题。

孤独使人成长，寂寞使人深刻。

人生是一段寂寞的旅程。

留一盏灯，在寂寞中看清自己。

如何认识自己，是人生最大的命题。

回归自然，服一剂心灵的排毒良药。

心若没有栖息处，到哪儿都是流浪汉。

耐得住寂寞，方能成就大事。

寂寞折磨人，但更锤炼人。

别在怯懦中沦为寂寞的俘虏。

你有多寂寞，就有多坚强。

充实自我，无聊不是放纵的借口。

一心向着目标前进的人，整个世界都会给他让路。

只要有梦，何时启程都不晚。

失意不失心，在寂寞中悄然突破。

勿奢求一步到位，一次难以完成所有的事。

梅香来自寒彻骨，伟大源于寂寞苦。

耐得住寂寞，方能经得起诱惑。

不为浮华迷眼，沉住气才能成大器。

奥斯卡没有最佳新人奖，早成名不见得是好事。

惟淡泊，才得以安于寂寞。

切莫被"名缰利锁"所捆绑。

花开花落，看淡人生得与失。

甘于淡泊，找寻人生的真谛。

修剪欲望，在诱惑面前保持一颗平常心。

平息浮躁，淡定的人生不寂寞。

寂寞自豁达，心静自然禅。

没有遗憾的过去，就无法连接美好的未来。

耐得住寂寞，方能守得住幸福。

围城里，做耐得住寂寞的男女。

甘于寂寞，享受幸福人生。

……

30年前，记得刚进入重庆大学的时候，我们的老师、学院的领导，不止一次对我讲过："搞学术的人，要坐得了冷板凳"。当时还不是很清楚这句话的深刻内涵。

30多年后，现在回想起来，还真是那么一回事。

这个社会，浮躁的东西不少，诱惑的东西不少，要守得住寂寞，很难！

做学问，甘于寂寞，才可能读更多的书，写更多的论文，做更多的调研、实验，才可能出更多的成果。

当领导、搞管理，如果不能甘于寂寞，总想做短期行为，搞一些面子工程、政绩工程，不能扎扎实实打基础、练内功，社会就不能得到真正的、可持续的好处，百姓就不可能得到应有的实惠。

当学生的，20多年的读书学习，如果没有甘于寂寞的心境，怎么可能静下心来好好读书学习？怎么可能学有所获、学有所成？

大众创业、万众创新者，也要能守得住寂寞。"创"字旁边一把刀，多少次失败才可能换来一次成功！

就算已经取得成就，是名人、伟人、成功人士了，成功前有多寂寞？"闭关修炼多少日，独步武林有霸业"；而且，成功后也要能守得住寂寞，所谓"高处不胜寒"就是这个道理。继续守寂寞，更有大成就！

"自古英雄多寂寞，只身荡寰宇。"

冰天雪地里，百花凋零，唯有梅花怒放，这时的梅花多寂寞！但是她恰恰能香飘云天外，能唤醒百花齐开放，能迎接新春来！

159

# 96 压力与努力

**压力，不仅仅是别人比你努力，
而且是比你"牛"几倍的人依然比你努力**

这个社会，人们普遍感到压力大，感叹"压力山大"。

压力（心理）：个体面对刺激时心理上感受到威胁而产生的一种紧张、压迫和焦虑的情绪状态。

压力产生的影响是双面的、多面的。

压力有一定的积极作用：井没压力不喷油，人没压力不上进；人需要压力，就像生存需要阳光、空气、水；压力可以提高挫折承受力和生存能力，压力产生动力，目标带动成长；压力使人产生亢奋情绪，有激情。所以，领导要给下属一定的压力：压担子、给任务、赋予责任，"让B类人才干A类的活"。自己要给自己一定的压力：自我加压，自定目标，自我超越。

压力的消极作用、负面影响也是显而易见的。过度压力使人情绪怪异：低沉、烦燥、急燥、暴燥，可能让人生病，影响工作、生活和学习，影响事业，影响家庭和交友，甚至影响身体健康和生命。

压力来自何方？每个人的压力源不同。一般来讲，有五大压力源：工作、家庭、健康、经济、社交。

压力产生的原因中，关于"努力"的这种表述很有意思。别人比你努力，你当然感到有压力，特别是在一个组织中，当别人已经比你厉害了，很强了，但是他依然还要继续努力，这种压力应该是更大的了。

# 97 坚持与放弃

遗憾，就是由无法控制的或无力补救的情况所引起的后悔。也是对过去许多不当行为的深切后悔。有时也是一种外交辞令："表示遗憾""深表遗憾"。

有一首歌叫《遗憾》，收录在许美静的一张同名国语专辑中，其中有这样的歌词："别再说是谁的错，让一切成灰，除非放下心中的负累，一切难以挽回。"

人人都有过遗憾，人生的遗憾会有很多，最大的遗憾就是对错误的坚持。

固执己见不可怕，怕的是固执错误的己见。明知是错误的，还要坚持，会产生恶劣的后果，对他人、组织、社会可能都会产生严重的负面影响，最终对自己也会产生严重的负面影响。有时坚持了错误甚至会造成全局性、持久性的灾难。20世纪50年代后期，我国曾经错批一个人（马寅初），就多生了几个亿，后来不得不实行一胎政策，现在又不得不放开二胎。仔细回想，遗憾后悔！

人生的最大遗憾，另一个是轻易放弃。

人的一生会有很多放弃。放下，不等于放弃。

放弃学业、放弃某一段婚姻、放弃提拔、放弃旅游、放弃坐飞机改乘火车、放弃移民国外、放弃某项权利、放弃某种机会等，甚

161

至有的人放弃了生命。由于一些主客观原因，作出一些放弃，有时也是必要的，甚至是有一定好处的。但是，有的东西、有的机会是本不应该放弃的，由于当事人考虑不周全、情绪不稳定，轻易地放弃了，回过头来看，这些放弃轻易了、草率了，结果产生了难以弥补的损失和影响，甚至让人追悔莫及、抱恨终身、遗憾不已！

　　不到万不得已，许多东西不要轻易放弃，放弃了后悔无用；特别对于生命，来之不易，不能放弃。放弃了生命，连遗憾后悔的可能性都没有了！

# 98 跌倒与爬起来

## 爬起来比跌倒多一次就会成功

人的一生，不可能一直都顺之又顺，没有一点波折；人所走的道路，不可能那么笔直又笔直，没有弯弯曲曲。

俗话说得好："三贫三富不到老"。

伟人毛泽东，也是有几上几下；

伟人邓小平，也还有几起几落。

但有人说，上帝是公平的，你太顺了，总要给你来点曲折；你有太多的苦难了，也有可能给你来点惊喜的甜头。

人的一生，总有坡坡坎坎，总有风风雨雨。在人生的道路上，总有可能摔倒几次。

有的人跌倒了，总是怨天尤人，灰心丧气，躺在失败、挫折的烂泥坑中不愿意爬起来，从此就一蹶不振。

有的人跌倒了，也爬起来了，但他不愿意总结经验教训，下一次又摔倒了，甚至是在同一块石头上绊两跤、三跤。

而有的人，跌倒了，爬起来，可能一段时间后又跌倒了，但是，他能总结经验教训，争取不再跌倒；就算是又跌倒了，也并不气馁，再一次爬起来，总是让自己在跌倒后再爬起来。这样的人，精神可佳，他终会走向成功的。

# (99 放下与珍惜

## 不甘放下的，往往不是值得珍惜的

在人的一生中，哪些是可以放下的？哪些是不甘放下的、不能放下的？

在人的一生中，哪些是应该珍惜的？哪些是像风一样吹过就吹过，不必在意的？

孩提时听过一个故事：神仙允许两个人到一座深山里的宝库去选宝物，能拿走多少就拿走多少，而且拿走了就是自己的了。但是，他们在宝库里只能待1分钟，之后就必须跑出来，否则，宝库大门便会关上，他们永远也出不来了。两人谨记神命，进了宝库。一到宝库，两人都吓呆了：宝库里的宝藏太多太多，应有尽有，太珍贵了，随便一件都可能价值连城。其中一人进去后，拿了一件宝物就撒腿往门外跑，当他跑出门来一会儿，门就关上了。而另一人进去后，眼花缭乱，什么都想拿走，什么都不想放下，他拿了很多还想再拿，结果，他没有能够出来，他被永远地关在了宝库里面，失去了生命！

最应该珍惜的，也是最不能放下的，当然是生命。一息尚存，何事不能为之？比生命更重要的是诚信，要百倍珍惜，更不能放下。当然，还有很多需要珍惜而不能放下的，如学习、工作、生活、亲情、爱情、友情、风景、名誉、地位、财富，等等。但是，什么都想得到，可能就什么都得不到；什么都不想放下，可能就会被关在生命大门之外！珍惜你应该珍惜的，特别是要珍惜你已经拥有的；放下你应该放下的，特别是要放下本不该你拥有的。

　　有一小伙子与一位清纯貌美的女孩通过偶然离奇的方式在微信上聊开了，两个多月下来，互相有了一些情意，特别是小伙子对女孩很上心，但他们几乎是不可能结合的。女孩理性地淡化了联系，聊少了，聊淡了。但男孩却不能自拔，丢魂失魄，工作生活都没劲！他找专家咨询，专家问："你真爱女孩吗？"回答是肯定的。又问："她爱你吗？""不确定！"于是，专家送了这个小伙子两句话："本来不曾拥有，何必惋惜失去！放下吧！她不一定值得你珍惜！"

# (100 办法更多

出现了问题，找原因，找解决问题的办法，这是当领导的人都知道的事。

但是，办法在哪里？办法有多少？办法管用吗？

看过赵本山和宋丹丹在中央电视台《春晚》合演的小品"钟点工"，很有启发。

小品说的是农村的一个老大爷，老伴死了，很孤独。儿子很孝顺，把父亲接到城里去住。但老大爷到了城里还是感到很孤独。儿子就花钱请了一个钟点工，有偿陪他父亲聊天、逗乐子。

宋丹丹就是那位陪聊、逗乐子的钟点工。

宋丹丹进门了，一会儿后对赵本山问了一句话："说，要把大象装进冰箱，总共分几步？"

看赵本山那傻样，宋丹丹自问自答："哈哈哈哈，分三步。第一步，把冰箱门打开；第二步，把大象装进去；第三步，把冰箱门带上。"

今天或许真有人会问：大象怎么才能装进冰箱里面去？是大卸八块吗？

把大象装进冰箱，看似没有办法，其实好好找一找，还是有的。比如，我们可以把冰箱做大点，做成房子那么大，大象不就装进去了吗？

这并不是脑筋急转弯的问题，从创新、创造、解决问题的角度来讲，办法总比问题多。

# (101 用手与用心做

小儿学习不认真,父亲告诫儿子:凡事要用心去做,才能保证做好。

儿子反驳父亲:用心做?心又没有长手,怎么做?

父亲继续对儿子说:儿子,心虽然没有长手,但手受制于心。

干活、做事、执行、操作、实施、落实,都要用手,人们就经常讲动手能力问题,"用脑不用手,空想一大套"。

但是,只是用手做,不用心、不用脑,其结果是事情虽然做了,用力了,尽力了,也辛苦了,劳累了,但是却没有做好,做得不漂亮,结果不能令人满意,没有什么价值和意义。这就是所谓的"用手不用脑,事情做不好"。

用心做事,就会努力去钻研,去想办法;就会去创新创造,去克服种种困难;就会认真仔细,一丝不苟;就会虚心向别人学习做事的方法和技巧;就会总结经验教训,把事做得越来越好。

用心做事,不仅仅是一种做事的态度,更是做事的责任和担当精神,也是智商情商的结合。

世上无难事,只怕有心人!

| 167

# (102 用心做事

## 只要用心做事，哪有做不好的

曾经带领我的研究生弟子们到重庆的"中国嘉陵"去做企业文化的管理方案调研。

我们对该公司的老总进行了访谈。这是一位很有本事的老总，他在 39 岁就任总公司的"少帅"了。

企业文化体系中，有一项是工作理念，也就是每个企业要求员工以什么样的状态去工作。

当我们问了老总这个问题后，他很明确地告诉我们，他希望员工的状态就是两个字："用心"。他说了，"只要用心做事，哪有做不好的。"我们深表赞成。

后来，我们在企业文化的工作理念部分提炼出来的文化因子就是："用心做好每件事"。

企业员工如此，医生、司机、律师、公务员皆如此，就是我们当老师的，也是如此。

有的老师教书一辈子，教学质量没有多大的进步提高，主要原因还是没有用心。用心的话，结果就不一样了。比如，刘教授课讲得好，我就去听他讲课，原因是他讲的课很有哲理性，于是，我就专门学他的哲理性；马教授讲得好，原因是她讲得文采飞扬，我就去听她的课，专门学她的文采；朱教授讲得好，原因是他的演讲逻辑性强、

169

有激情又很幽默，PPT也做得好、案例多多，我又去听朱教授的课，把他的精招学过来。到我这儿，集众家之长，教学质量就会提高。

我在演讲中曾讲到：你有一颗珍珠，他有一颗珍珠，分开的单颗珍珠也许值不了多少钱。但是，我把你的知识珍珠、他的方法珍珠拿过来，用一根线串起来，就成了珍珠项链，而珍珠项链显然比一颗珍珠值钱得多。

用心穿一串珍珠项链吧！

# 103 做了与做好

## 做好才算做了

2013 年 8 月，我曾经应邀到广东第八人民医院作演讲："做一名优秀的医务人员"。这是一家传染病医院。我讲得很投入，医务人员听得很认真。

晚上，该院院长与我在医院食堂一起就餐，一边吃饭，院长一边又把我演讲中的一些他认为精彩的话语说了起来。院长说，他印象最深刻的话就是"做好才算做了"。

是的，有不少人的工作总是停留在"做了"的层面。

"这个处方我开了的。"

"这个针我打了的。"

"这个手术我做了的。"

"这节课我讲了的。"

"这节课我听了的。"

"这笔账我算了的。"

......

只是开了、打了、做了、讲了、听了、算了，有没有开好、打好、做好、讲好、听好、算好？

没有做好等于没有做！

有的时候，没有做好比没有做还要糟糕。没有做可能只是零，

171

而没有做好，可能是负数。零和负数是无穷大和无穷小的关系。

做每一件事，做每项工作，都要认真负责地去做，而且一定要争取做好！

怎样才能做好？用心！

# (104 聪明与愚蠢

> **聪明人的嘴藏在心里，愚蠢人的心摆在嘴上**

一个人的聪明和愚蠢有很多表现，嘴和心的表现，也是其中的一种。

把嘴放在心里，嘴上不说、少说，但心中有数，嘴里不说心里有，少说多干，心想言表，行为一致，言语行为讲究信用，一诺千金，能够获得人的信任，别人愿意与他交流交往，当然就是聪明的人了。从另一方面理解，这部分人可能有城府、有心计，从其言行中不一定能看出其心。

把心放在嘴上，嘴上说得很多，有什么说什么，没有什么心计，没有什么城府，心直口快，心理上不设防，嘴巴上没有岗，从其言行中一下子能看到他的心底。在人与人的交往、交流中，他可能要吃一些亏。所以，有人就认为他们是愚蠢的了。

我们认为，聪明与愚蠢可以从另一个面来看，大智若愚，聪明反被聪明误，这种情况也是很多的。无论怎样，嘴与心都应该一致，聪明与愚蠢就不要太在意了，只要都讲究一个信字，愚蠢者也聪明，聪明者更聪明。

《春秋穀梁传》中有一句话很好："人之所以为人者，言也，人而不能言，何以为人？言之所以为言者，信也。"习近平同志也曾引用过这段话。

故事：隋炀帝亡国后，李世民翻阅隋炀帝留下的文稿，大吃一惊，他与一大臣有如下一番对话。李世民问魏征："你看这些文稿，炀帝讲的都是尧舜之言，何以亡国？"魏征答曰："讲尧舜之言，行桀纣之实，蒙蔽百姓，鱼肉天下，焉有不亡之理？"

言行一致，嘴心合一，大聪明也，千古恒理！

# 105 思维与智力

## 思维一旦进入死角，其智力就在常人之下

2003年6月6日，我第一次上了中央电视台《百家讲坛》栏目作演讲，讲的是"创新思维与创造力的发挥"。演讲中，我讲到了创新思维的障碍之一——思维定势。

思维定势往往来源于权威、从众、情感、经验等。

于是，我在演讲中引用了这句话来说明问题。

比如当年的"两个凡是"，现在看来是很不对的，也很好笑。但是，当时就有一些人思维进入了死角，产生了思维定势，用这"两个凡是"来取向一切，成了是非的标准。这样下去，对"文化大革命"的评价、对冤假错案的平反、解放和发展生产力、改革开放等，几乎都不可能实现。

而当时，有的人，甚至是有较高级别的干部，就死守着"两个凡是"，进入了死角，在某种程度上阻碍了社会的发展。

现实中，在日常的工作、生活和学习中，这种现象也是不少的。

到网上去看一看，有的人很是偏激，有的人就认个死理，思维进入了一个死胡同，不能创新，不能辩证地看待人、事、物和社会。思维的高度决定了人生的高度。思维陷入死胡同的人，其智识自然也就输人一筹了。

# (106 起 步

## 只要起步就不晚

我为许多家长作了"培养高情商的孩子"的演讲，也写作了同名的书，出版了同名的光碟。

我讲到，培养孩子的情商，最佳时机是 3 至 6 岁，再到 12 岁，再到 15 岁。这是培养孩子情商的黄金机遇期。

孩子太小了，培养的效果不好；太晚了，则会事倍功半。

其实，情商教育是一个终身的事情，就算是老了，七老八十的人了，仍然可以进行情商方面的教育和自我教育。只要起步就不晚。

岂止情商教育，有很多事都是如此。

比如读书学习，俗话说了：少壮不努力，老大徒伤悲。从小就要抓紧时间认真读书学习。但是，一个人就算到了壮年、老年，也仍然可以努力读书学习。世人不是说了吗："活到老学到老"。只要起步就不晚。

有的人，对一件事总是坐而论道，滔滔不绝，方案多多，但就是不能进入操作层面，往往错过了大好时机。这时，我们还要说，"一万年太久，只争朝夕"！

# 107 起点与终点

## 太看重起点，必将失去终点

易中天教授在《中国欧美教育对比》中指出：太看重起点，必将失去终点。

此话引起国内教育界，特别是幼儿教育界的热议，也扩展到了就业、创业界。

网上曾疯传一段话：在中国，小学累、中学苦、高中拼、大学混。玩耍的年龄被逼学习，学习的年龄只想玩耍。在欧美，小学玩、中学混、高中学、大学拼。玩耍的年龄就玩耍，学习的年龄才学习。小、中、高阶段，中国学生一般占优；进入大学阶段，欧美学生就能迅速超越。

其实，我不完全赞成一概而论式地进行欧美与中国教育的比较和简单的肯定与否定，但是，我们可能过多地、过重地看重了起点，确实是不争的事实。

而产生这种局面主要是因为有两大误区、误解、误导：

第一，"不要让孩子输在起跑线上"。

这句话极大地影响着广大家长，越来越多的家长因为这句话而将孩子送去各种辅导班学习不同的"技能"，以确保孩子在同龄人中的优势地位。可是，又有多少人真正思考过，孩子是否适合去那些辅导机构学那些课程？去学那些课程又能让孩子赢多久呢？在"起跑线言论"的影响下，现在不少幼儿园把小学的课程提前教了，许多地方的学前班办得非常火。

第二，用人单位的招聘：他们动辄将综合素质（认为上了各种辅导班就有综合素质）和"211""985"高校学历等作为招聘门槛。现实的指挥棒，使家长们想尽办法追求优质的教育资源，硬要让孩子挤进名校。

可怜天下父母心！

一位叫林红的老师这样说："父母是否应该担心孩子输在起跑线上，要看家长对孩子的期望值。如果家长把孩子的人生看作是一场短跑，只希望他前十几年快速达到人生的顶点就行了，那的确不能让孩子输在起跑线上，因为大家都知道，要在短跑中取胜，起跑领先了，确实就成功了一大半。假如家长把孩子的人生看作是一场马拉松，那赢不赢在起跑线上就不重要了。马拉松的特点是看谁能笑到最后。我想大部分家长都不会希望自己的孩子一早就到达人生的顶点，随后开始走下坡路吧！"

早教、不输在起跑线上，也有它的合理成分。问题是，是否符合教育的规律和有益于孩子的身心健康？还有，早教教什么？怎样才算是"赢在起跑线"？

学者们认为，早教不只是一些文化知识的积累，更重要的是要培养促进孩子全面发展，如培养健康健全的品格、情商、心态、好习惯，学会与人良好地相处和沟通等，而这些都不是仅靠上一两个辅导班就可以完成的，这更需要家长亲自对孩子进行一对一的适龄亲子教育。

如果在职场中也形成了"不输在起跑线"的"拜物教"，在万众创新、大众创业的今天，有几个人敢去创业？白手起家的人还敢在市场经济中去打拼吗？要知道，古今中外的很多政要（包括中国古代的一些皇帝，如刘邦、朱元璋等）、科学家、大企业家一开始都是输在了起点的，但他们的终点却很好。

输在起点，未必一定输在终点！

赢在起点，未必一定能赢在终点！

孩子教育也好，就业创业也好，起点高、起跑好固然是好事，对跑赢终点也是有好处的。但是，不可能起点都好，大多数人起点不一定都好。家长、老师、全社会，既要为有好起点创造条件，更要为他们能够跑到终点、跑好全程创造条件，而且可能后者更重要。

需要起点，但不要太看重！主要是不能失去终点，那才是真正的价值点！

177

# (108 痛点与起点

## 痛点就是起点

人的一生，在生活、工作、学习中，都会有很多伤痛，无论你的痛点高还是低，伤痛都客观存在。

痛点低的人，一遇到不顺利的事，一遇到麻烦你的人，一受到一点伤害，就特别敏感、特别难受，认为大事不好了，甚至认为是天塌下来了；有的人甚至会陷入伤痛、悲痛、悲愤中，怨天尤人，不能自拔。

痛点高的人，不把伤痛当回事。刮风下雨了，又怎样？天总是要晴的；身体有恙了，又怎样？它总会慢慢好起来的；股票大跌了，又怎样？它总会慢慢涨起来的；人家伤害我了，又怎样？这可能是对我的考验，让我成熟起来。

再说了，因为伤痛就一蹶不振，痛也不会自动好起来，可能还会加剧疼痛。

把痛点当起点吧！

当起点，我们可能会想办法战胜疼痛！而且，有时候身体有一点疼痛也未必不是好事，它让我们的身体更有健全的机能，有一定的敏感性，还会产生"久病成良医"的效果；错误与挫折会使人们更加聪明。

当起点，我们可能痛定思痛，想一想为什么会痛，找一下原因：

是我自己的原因的话，我就吸取教训，不在同一块石头上再绊跤；如果是别人的过错，我首先要宽容人家，然后再想办法如何避免；如果是不可抗拒的外力，那么我就调整心态，摆不平世界就摆正自己。

当起点，我们"从哪里跌倒，就从哪里爬起来"，"哪怕输个精光"，正好轻装上阵，从头开始。马云曾经有不少痛点：比如应聘营销员，被人家说又矮又瘦，结果，促使他下决心搞成功了互联网营销。爱迪生发明钨丝电灯，曾试验了上千次，那是多少个痛点，但他坚持不懈，继续努力，终获成功。

痛，并快乐着！痛，忍着点，起来再奋斗！

# (109 模糊与清楚

"我的未来不是梦",我的未来是什么?

其实,未来是一个未知数,谁会知道一秒钟后世界会发生什么?也不会知道我们自己将会发生什么。未来是模模糊糊的!

未来,每时每刻都在来;每个人的未来都是不同的。为什么?因为每个人的过去不同,每个人的当下不同,每个人对未来的态度、所作的准备和努力也不同。

过去、当下,都是有意无意地为了未来!

我的未来就是梦!

梦有很多种:美梦、恶梦、痴人说梦、白日做梦、黄粱一梦、南柯一梦……

人们有理由担忧自己的未来:我能活多少岁?我会生病吗?明年工资还会涨一些吗?明天会下雨吗?明天有雾吗?飞机能起飞吗?明天的合同能够顺利签订吗?生产这么多商品能卖出去吗?

我们都有未来,但不知道未来是什么样子。想象吧,也是模糊的!

那就把握好当下吧!当下是现实的,活在当下,就是正在面对现实,直面这个社会、你所在的地区城市、你的团队组织、你的家庭,面对你的领导、下属、同事、亲朋好友,面对你的职业、事业、工作、生活、学习,你所面对的一切,你所做的一切,都是当下的现实。

活在当下,面对现实,就是要珍惜当下,努力做好现实。今天的现实,明天就会成为历史,会照出你的样子;今天的现实努力,将助你赢得美好的明天未来。因为你有努力的现实,明天你就会无怨无悔,因为,你努力了!

# (110 深刻与肤浅

## 简单的往往是深刻的，复杂的经常是肤浅的

在《当好部下的艺术》一书中，我引用过一个故事："小和尚悟道"。

说的是一个小和尚，向方丈汇报：我悟出了一个深刻的大道理，从此以后准备不再修行悟道了，要下山云游。这个深刻的道理就是"尼姑原本是女人做的"。

方丈听后，略加思考，点点头，微笑，同意小和尚不再修行悟道，可以下山去。面对众和尚不解的神情，方丈说了："他连'尼姑原本是女人做的'都悟出来了，还有什么悟不出来的？一悟百悟啊。"众和尚依然不解，一头雾水！

这句话也许是有禅意吧！

但是，人世间，的确就有很多如同"尼姑原本是女人做的"那样简单的道理，许多人没有悟出真谛。比如，大学生读书不要逃课、上课不要玩手机，企业家不要生产假冒伪劣商品、当官的人不要贪污腐败、员工要爱岗敬业，等等。这些问题一点都不复杂，但就有不少人没有悟出来，要恶性逃课、上课听报告要玩手机、要生产假冒伪劣商品、要贪污腐败、本职工作也做不好，他们就是连与"尼姑原本是女人做的"一样的道理也没有悟出来呢！

所以，有人说："什么是悟性？悟简单而至深刻。"

而有的人，则把本就简单的东西，弄得很复杂，装腔作势，故

弄玄虚，以显示自己很有水平，莫测高深。

东南大学经济管理学院教授、中国世界经济学会副会长徐康宁先生的一篇文章也许能说明一些问题："中国学者为什么写不出当代《资本论》？"（《环球时报》，2014 年 9 月 25 日第 15 版）其中有一段是这样写的：

有的学者"热衷于研究一些无关痛痒甚至学术性游戏般的所谓纯学术性话题"，"丧失了对重大现实问题的研究兴趣"，"用大量精力去研究脱离现实的所谓纯学术问题，常常用复杂而无实际意义的数理模型去证明一个简单的问题，甚至是一个基本常识。"

岂止学术研究！

# (111 独行与结伴

> **想要走得快，就单独上路**
> **想要走得远，就结伴同行**

　　这是一则非洲谚语，还是 2013 年北京海淀区高三"二模"考试的语文作文题。

　　这既是一句富有哲理性的语言，也是人生的一种选择。

　　这段话的中心词："快、单独"，"远、结伴"。

　　独自上路前行的人不少，独自一人难免孤独，没有人聊天说话，没有人提供帮助，但是，单独行走，没有负担，没有羁绊，可以不用考虑他人的快慢，他可能走得更好，走路的效率更高、更快。因为人多了，就要考虑到大家的行动，走得快的人有，走得慢的人也有，不能落下谁，当然就走慢了。有的人学习、艺术创作、研究、写作，只能是"独行侠"，才能出成果，"自古英雄多寂寞"就是这个道理。有的人思想、想法、行为方式与众不同，不太合群，在一个群体中可能被视为异类、怪物，可能被排斥、被孤立，这样的人，他选择独行，人们也要尊重他自己的选择，因为这样更适合他，对他更有益，比如梵高、布鲁诺等人。

　　但是，在一个群体中，什么样的人都可能有，人各有所长，又各有所短，于是，大家就结伴而行，在漫长的人生旅途中，取长补短，相互帮助，精神上相互支撑，合作共赢，正所谓"一个好汉三个帮"，正所谓"结伴而致远"。

比如诺贝尔奖，是以瑞典著名的化学家、硝化甘油炸药的发明人阿尔弗雷德·贝恩哈德·诺贝尔的部分遗产（3100万瑞典克朗）作为基金在 1900 年创立的。诺贝尔奖分设物理、化学、生理或医学、文学、和平、经济学六个奖项。前五十年的"科技诺贝尔奖"，很多是个人单独获得的，个人奋斗研究，一鸣惊人。但是后面六十多年来，基本上是团队攻关获得的。

现在的市场经济也是如此，一个人、一个企业，力量太小，经不住市场经济的风吹雨打。要想把事业做得好做得久，用重庆市力帆集团尹董事长的话来讲：现在的市场经济是"打群架"的时代。该独行当独行，该结伴需结伴！

# *112* 过错与错过

人非圣贤，孰能无过？没有过错的人不存在，不存在没有过错的人！

一般而言，有过错并不都是好事，有了过错会带来一定的损失，还可能给别人带来伤害。于是，犯错之后，大多数人会懊悔："我怎么会这样呢？""我本不应该这样做的！""早知今日，何必当初呢！"

大多数是短暂的懊悔，过后，生活又重新开始了，过错再次发生，懊悔再次产生。人生本来就是这样进行的。

但是，错过就不同了，可能懊悔的是终生：终生遗憾啦！

比如，阴差阳错，主观客观，错过了与自己最心爱的人结成伉俪的机会，免不了总把后来勉强结为夫妇的人与之相比，于是，对心爱的人总是放不下、丢不开，每每想起，追悔不已！

比如，有一个好的学习机会，本可以读更好的学校，拜更好的老师，交更好的同窗，学更多的知识，但是，也是阴差阳错，主观客观，错过了大好的升学、拜师的机会，抱憾终生啦！

比如，市场经济中，有好多的商机，眼睁睁地被我们给错过了，"本可以赚大钱的呀，遗憾啦！"

人的一生，过错经常有，懊悔哪里无？不犯大错更好，不重复犯低级错更妙。

人的一生，错过何其多，遗憾岂会少？不要经常错过，不要有重大的过错才是我们需要做到的。

唯愿天下人：少一些过错，少一些错过；少一些懊悔，少一些遗憾！

# (113 分享与独有

## 分享的快乐远远胜过独自拥有

　　这个社会，我们应该提倡分享、共享。

　　这个世界，应该是一个分享的世界！

　　在商海中，就有这样的名言："有钱大家赚。"

　　所以，从骨子里面讲，我不太喜欢"博弈"两个字，无论是"智猪的搭便车行为"，还是"囚犯的困境"，好像总是在算计别人，是"零和性"的博弈：你之所得，就是我之所失，得失相加和为零。

　　还是双赢、多赢、共赢好。

　　20世纪90年代初期在重庆大学就听过北大方正王选教授的演讲，他说：中国的团队精神为什么有很大的不足，就是因为中国的"麻将文化"。看麻将众生相：四个人没有团队合作（过去还合作搓牌、码牌，现在换成机麻了，没有这些了），四个人打麻将，每个人都是眼睛盯着对家，用心防着上家，下决心"损"下家，最好的结果是输的是你们大家，赢的是我一家。后来又来了个成都麻将，"刮风下雨、血战到底"，从而涣散了人们的团队精神，分享、共享、双赢、多赢、共赢就更加淡化了。

　　尽管打麻将也有一些好处，但从分享、共赢这个方面来讲，王选教授说得还是有一些道理的。

　　美国微软的前董事会主席比尔·盖茨，曾经是世界首富，有

500 多亿美元的财富，作为世界 IT 精英人物的他就是一个分享方面的大师。在微软公司里，企业文化的核心价值观就有"分享一切"的理念。盖茨还把公司的股份出让给许多核心员工持有。后来，他更积极地把财富的相当大部分投入慈善事业，让更多的人分享。

今天，有人发现我们的孩子相对自私，每句话几乎都说的是"我"，好东西总想独占、独有。缘于此，父母、学校、社会有责任教育孩子学会分享，享受分享的快乐！

# (114 拥有与欣羡

## 你所拥有的正是别人所欣羡的

这是一句外国谚语。犹太人有这样一则寓言：

两只老虎，一只在笼子里，一只在荒野中。两只老虎都认为自己所处的环境不好，互相羡慕对方。它们决定交换身份。交换之后，开始时它们都感到十分快乐。但不久，两只老虎都死了：一只饥饿而死，一只忧郁而死。

有时，人们对自己的幸福熟视无睹，总是用眼睛看着并羡慕别人的幸福。其实，你自己所拥有的正是别人所欣羡的。

一个人不可能什么都拥有，什么都想拥有。第一，太贪心；第二，什么都可能得不到；第三，你要想拥有新的东西，必须放弃你现在已经拥有的东西！

什么都想拥有的人，总认为自己拥有的东西越多越好，总认为新拥有的一些东西总比现在的要好。

其实，有的东西并不是拥有得越多越好，有的东西也并不是新拥有的一定比现在拥有的要好。

而且，有的人已经拥有了不少的东西，还在不断地拥有新的东西，人家都羡慕得不得了，但他可能会不当回事，不珍惜已经拥有的东西，结果可能会——失去已经拥有的东西。

人呀，快丢掉想拥有一切的念头！

189

人呀，要得到新东西，就要放弃现在已经有的一些东西！

人呀，要特别珍惜现在已经拥有的一切东西！

让人最羡慕你拥有的东西是爱吧！如果没有这一切，拥有了所有，也是虚无的。

# 115 现在与曾经

有人说："这个世界，没有一种痛是单为你准备的。因此，不要认为你是孤独的疼痛者。也不要认为，自己经历着最疼的疼痛。尘世屋檐下，有多少人，就有多少事，就有多少痛，就有多少断肠人。"

有人说，我讨厌现在的我：没有名，没有利，没有钱，没有地位，没有车，没有房，没有高薪的工作，没有漂亮的爱人，没有幸福的家庭，没有人瞧得起我，"我是一棵无人知道的小草"！

第一，不要讨厌这样的自我。大千世界，芸芸众生，其实大多数人都是如此。有名有利、有房有车、有钱有势、有好工作高收入的人，毕竟是少数。就算是那样的人，他们曾经也是"一棵无人知道的小草"，但他们可能从不讨厌自己。

第二，讨厌自己也是没有用的。讨厌自己，自己瞧不起自己，就会自暴自弃，灰心丧气，不思进取，不再努力，也就不会取得应有的成功，结果使自己越来越讨厌自己。而且，一个连自己都瞧不起自己的人，还能希望别人会瞧得起你吗？

第三，要找一下原因，为什么我要讨厌自己？我讨厌我自己的原因是什么？是不是因为过去我做得不够好？是不是我有一个让我自己讨厌自己的"曾经"？是不是我在过去"自己毁了自己"？

因和果事实上是存在的！一果多因，一因一果；多因多果，多因一果！

190

种瓜得瓜，种豆得豆。种下恶因，当然可能就会结出恶果。

今天会讨厌自己，正是因为过去种下了让自己讨厌自己的种子，生根开花，现在结果了。

为了不让未来的我讨厌现在的我，那么，从现在起就加倍努力，勤奋而为，让将来的我有所收获。

不是每一次努力都会有收获，但每一次收获都必须努力，都曾经努力了！

191

# 116 未来、过去与现在

## 让未来到来，让过去过去，让现在存在

张雨生有一首动听的歌曲：《我的未来不是梦》。但梦总是虚幻的！再好的美梦，它毕竟是梦！美梦、恶梦都有醒来时，让梦想成真是一种良好的祝愿。什么时候梦想成真了？当你醒来时，当你回到现实的时候！而未来就不同，它既有梦幻般的美好憧憬，也有美梦一样的假想，还在一步一步地向你走来。未来像什么样子，会以何种面目出现，现在我们都不知道。但每个人都会有未来，只不过未来来临的时间长短不同、好坏不同、给予我们的东西也不同而已。

美梦不一定都能成为现实( 偶然巧合也有 )，但未来一定会来！

不要害怕未来的到来，是好是坏它总会来！怎样才会有一个美好的未来？

让过去的就过去吧！

过去本已过去，但是，有的人总是放不下过去，甚至一直陷入过去不能自拔，走不出过去的阴影，甚至一直纠缠过去：我有多难过，我受到了哪些不公正的待遇，哪些人总是对我不好……如同鲁迅的短篇小说《祝福》中的人物祥林嫂，身世很可怜，但她总是成天地叫"阿毛"（被狼吃掉的儿子），总也回不到现实，摆脱不了过去。有的人则是一直沉醉在过去的荣耀中，岂知"好

| 193

汉不提当年勇"，再荣耀的过去也已经过去，还得从头做起。可以回忆过去，但不能停留在过去！如果让过去成为自己的主人了，怎么可能有美好的未来？

让过去成为过去，迎接美好的未来，就要把握好现在、当下！

有的人不把当下当回事，好像当下不存在，好像没有现在一样，蹉跎了光阴，浪费了时间，虚度了年华。好好地生活在当下，好好地把手中现实的活干好，好好地把现在的事一件一件地做好。用现在的努力告别不堪回首的过去、告别辉煌的昨天，用当下业绩的光芒照亮未来的人生！

# 117 有点梦想吧

## 有梦想的人一定会与众不同

人说：一个连梦都不会做的民族，是没有希望的民族。

梦，也许是一种理想，是一种追求，是一个蓝图，是一个希望。

人类发展到今天，生生不息地繁衍，也许就是因为有梦。

人们编织着一个个美好的梦，点燃了心中的希望之光，促使人们不懈地努力，去寻梦、圆梦、实现美好的梦想。

当一个个美好的梦破灭了，人们不弃不离，又编织新的美梦，继续努力。

当梦想成真了，人们又编织更新、更美的梦，继续寻梦、圆梦、实现新梦想。

有梦想的人，可能会朝着梦想努力奋斗；没有梦想的人，可能没有希望，没有盼头，没有目标，没有方向，没有追求，当然就不可能有很大的进步。

有了梦想，不去努力实现它，这种梦想就只是泡影，所谓"用脑不用手，空想一大套"；有了梦想，不去圆梦，再美的梦也只是黄粱一梦、白日做梦、痴人说梦。

中华民族曾经辉煌灿烂，为世界文明发展作出过重大贡献。但是，近一二百年来，中华民族发展落伍了，饱受外强欺侮，甚至沦为半封建半殖民地。

中国人编织了美好的梦："实现中华民族的伟大复兴！"

这是全体华人的心声！

这是全体华人的期盼！

为了圆这个美好的梦，我们不惜抛头颅、洒热血，我们还将全面深化改革，我们更要举国一心，持续奋斗！

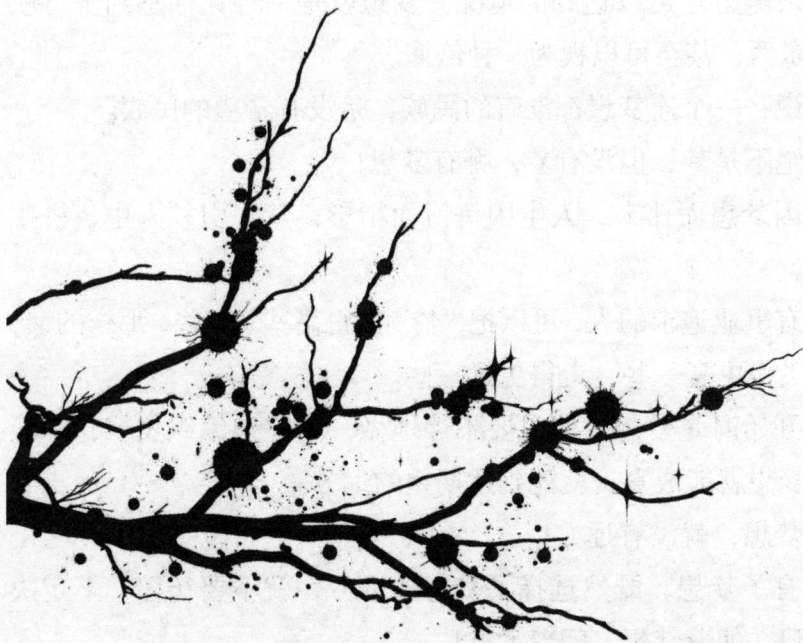

195

# 118 梦想与远方

## 没有梦想，何必远方

歌手林宥嘉原唱的一首歌:《残酷月光》,其中有这样的歌词"没有梦想,何必远方"。不过,我要加上一句:"既然远方,何必彷徨。"

梦想,是对未来的一种期望,是指在现在想未来的事或是能够达到但必须努力才可以达到的境况。梦想就是一种让你感到坚持就是幸福的东西,甚至可以视为一种信仰。

哲人说:一个连梦想都没有的民族,是没有希望的民族。

梦想绝不是梦,但没有梦,哪有梦想!

人类因梦想而伟大,人生因拼搏而精彩;梦想引领人生,拼搏创造传奇。

一个有事业追求的人,可以把"梦"做得高些、好些,那样的话,你才可能飞得更高一些,走得更远一些。

虽然开始时是梦想,但只要不停地做,不停地编织美梦,不轻易放弃,梦想就能成真,就能到达期望的远方。

没有梦想,就没有远方!

既然有了梦想,既然选择了梦想的远方,就不要彷徨,下定决心走下去吧,朝着梦想,朝着远方!

远方可能是我们梦想的境况,也可能与我们的梦想差距很大,但毕竟为了梦想我们努力了,毕竟为了梦想我们没有犹豫和彷徨!

世界上最重要的事,不在于我们身在何处,而在于我们朝什么方向走。

梦想只要能持久,就能成为现实。我们不就是生活在梦想中的吗?

# 119 梦想与路途

## 有梦想不怕路遥远

矢野浩二，是一个在中国发展的日本籍影视演员，2008年8月4日，他加入湖南卫视综艺节目担任主持人。《有梦不怕路远》是他的自传，由北京联合出版公司出版，这是一本励志书籍。

由杨文虎作词、念东作曲、齐柒柒演唱的歌曲《梦的起点》也有类似的励志语言："这是梦的起点，不管路多遥远。"邓丽君的《漫步人生路》中也唱到："越过高峰，另一峰却又见。目标推远。让理想永远在前面。路纵崎岖，亦不怕受磨炼。"

有幻想、有梦想，并将其转化为理想，就会让人有了方向、有了目标、有了冲动、有了激情，想尽办法，冲破险阻去圆梦。破灭了就再织一个美好的梦想，引导人们去追求它、实现它。

梦想、理想，总是在前面，总是引导我们的未来，总是给人美好的向往，总是给人以动力。重庆人做着同一个梦：富民兴渝！此路遥远且艰难，但重庆人将勇往直前！北京人的梦想是空气清新没有雾霾、出门不拥堵更安全，难度很大，但北京人、全国人民、党和政府下大决心要做好！

每个中国人的梦想："实现中华民族的伟大复兴"，这就是我们叫得很响的"中国梦"！2012年11月29日，我们的党和政府正式提出了"中国梦"。其核心目标也可以概括为"两个一百年"：

到 2021 年中国共产党成立 100 周年和 2049 年中华人民共和国成立 100 周年时，逐步并最终顺利实现中华民族的伟大复兴——具体表现是国家富强、民族振兴、人民幸福；实现途径是走中国特色的社会主义道路、坚持中国特色社会主义理论体系、弘扬民族精神、凝聚中国力量；实施手段是政治、经济、文化、社会、生态文明五位一体建设。

这是中华民族近代以来最伟大的梦想，路途再艰难，路途再遥远，中华儿女都将前赴后继，一代代努力，最终一定能实现！

每个民族都应该有梦想。一个连梦都不会做的民族，是没有希望的民族。

一个有理想的人，先是从梦想开始的。

当年我一直想圆大学梦，"文化大革命"后的高考，多少人、多么难，我坚持下来了，梦想成真！

我一直想成为一名演讲家。因为我听了不少人的演讲，当年的曲啸、李燕杰到重庆大学演讲，作为大学生的我很是崇拜，好想成为他们那样的人！但是，路途好遥远。我为梦想一直在努力！上了两次央视"百家讲坛"栏目作演讲，在全国作了许多场演讲，也受到一些欢迎，但离我的梦想还有很大的差距，我还要持续努力！

当今的大众创业，创业者就应该有梦想，没有梦想的人，就不要去创业。

其实，创业要梦想成真也很难。全球、全国创业成功的人不少，但是，创业不成功的人更多。

不要把创业理解为都当老板，怎么可能人人当老板？大多数人是当不了老板的！当不了老板也可以创业！

| 199

创业的梦想是需要的！实现创业成功的难度是很大的！创业的路是相当遥远的！"创"字旁边两把刀！

创业者要有充分的思想准备和精神准备！

创业的路遥远，路就在脚下，要坚持不懈地走下去！

创业的路遥远，路就在心里，要调整好自己的心态上路！

岂止创业的路遥远？人生路，遥远遥远又遥远，让梦想引导我们走下去吧！再遥远的人生路，还得要走，而且要走好！

# 120 路的尽头

"敢问路在何方，路在脚下！"2016年2月12日，阎老去也，呜呼哀哉！

阎老去也，路还在我们的脚下。这条人生的大路我们还得走啊！

阎老未竟的事业，没有走完的路，我们还得可持续地走下去啊！

走啊走，走着人生路。漫漫人生路，哪里是尽头？

路有尽头吗？路，有尽头！路，也没有尽头！

路的尽头不是天涯海角，不是地老天荒。路的尽头还是路！

只要愿意走下去，路就没有尽头！

学习之路，没有尽头，走下去吧，学无止境，活到老学到老，终身学习，永世学习。子子孙孙学习，哪有个完啦！人类社会能够文明延续，人类自身能够生生不息，根本的还在于人类在不断地学习！

生活之路，没有尽头，走下去吧！要生，要活，要生活，要好好地生活。"好死还不如赖活。""生活的门再沉重也要打开它！""活下去就是过日子。"生活总是美好的，我们有什么理由不把生活之路走完、走到永远呢？

事业的路，没有尽头，走下去吧！事业，是为大众的事情，是为大家好的事情，当然也是为自己好的事情。人人受益的事，就得人人去做，就得人人关心，就得一代代人好好地做下去，并做得越来越好才行。

爱情的路，没有尽头，走下去吧！其实爱情很简单，来来去去不过三个字：我爱你、我恨你、算了吧、你好吗、对不起……多不容易，走起！

幸福的路，没有尽头，走下去吧！每个人都渴望幸福，都在追求幸福，也都有过幸福，也都在幸福之中。你认为的每一个幸福的回忆，其实都带着伤。但人们还是愿意把幸福作为无限的向往和无限的追求！

# (121 成功之路

## 通往成功的路，总是在施工中

人人都渴望成功，人人都希望自己是走在通往成功的道路上。

很多人忙碌、茫然、盲目：我刚起步，是走的成功之路吗？

我已经走了人生的一半路程了，成功的样子是什么，我怎么还不认识呢？

我已经快接近人生的终点了，我这一生算是成功吗？

其实，只要你的方向选择是对的，路径选择是对的，从你迈出第一步开始，就已经向成功出发了。

成功不是将来才有的，而是从决定去做的那一刻起持续累积而成的。

成功的路并没有完全修好，而且永远也不会完全修好，总是在施工中。

走在成功的路上，不要抱怨路本身：

路太崎岖不平坦啦，路不笔直弯道太多了，路太狭窄不宽阔啦，路面太凹凸不光滑啦，路上灯火太暗不光明啦，路上太寂寞没有伴侣啦，路太遥远怎么总是到不了头啦，等等。这些恰恰才是真正的通往人生成功之路，是需要我们边走边认识的通往成功的路，也是我们自己边走边施工着的通往成功的路。

管它路修好没有修好，既然选择了远方，便只顾风雨兼程；既然人们已经走上了成功之路，就义无反顾地走下去吧！

由于成功的路还没有完全修好，有许多还在施工中，有不少可能根本就没有路，怎么办？在通往成功的道路上，是"开弓没有回头箭"的，是没有任何退路的，只有"逢山开路，遇水搭桥"！

前人开的成功路，后人可能捡了便宜；但后人走的成功路，并不一定都是前人开的路。

成功的路就在我们的脚下，就在我们的心中，就在我们不懈努力的坚持中。

成功的路，山重水复，是艰难曲折的探索；柳暗花明，是猝然而临的惊喜！

# *122* 成功与改变自己

## 一个人成功的前提是他有能力改变自己

一个人的成功，有很多条道路，既有统一的范式，也有其独特的方式。可以独自创立成功，也可以借鉴人家成功的经验，但是，成功都是方方面面必然的、偶然的因素的聚合，大多数东西是不可复制的。

但是，有一个成功的前提，却是大家形成共识了的：要想成功，先要改变自己，而且一定要改变自己！

204

人尽皆知："最大的竞争对手不是别人，恰恰是你自己！""最大的敌人往往是自己！""最能打倒你的，也可能是你自己。""走向成功的最大的绊脚石可能就是你自己！"无数事实证明了这些话语，由不得你不相信！

人们不禁要问："我自己真的有那么可恶吗？"

因为人的恶性、人的恶习、人的恶意、人的恶行，可能在走向成功的路途中会自觉不自觉地显现出来，客观上就影响了我们可能的成功或者是影响了我们的成功度。建议：

第一，首先是理念和态度方面。要想成功，就必须改变自己。因为改变自己也是一个痛苦的决定和过程，会失去很多自己认为是优势的东西，要改掉一些恶习，这是需要毅力的，需要自我否定一些东西的勇气。

第二，希望自己成功的人要想办法改变自己。因为要改变自己以获得成功，难度很大。比如，把自己改变到什么程度？把自己改变成什么样子？主要的方法就是按成功的要求进行"私人定制""确立标准"！

第三，提高改变自己的能力。要自我改变，阻力多多，既有外部的，更多的是来自自身。除了方法以外，还要有能力，特别是自我否定、自我完善的能力！

# 123 放下、遗忘与珍惜

**懂得放下的人找到轻松**
**懂得遗忘的人找到自由**
**懂得珍惜的人找到幸福**

　　轻松、自由、幸福，这是人人都向往并追求的人生高境界。怎样才能找到它们？怎样才能到达这样的高境界呢？最重要的是三个方面：放下、遗忘、珍惜！

　　为什么有许多人活得不轻松？为什么许多人感到"压力山大"？为什么不少人感到活得很累？原因很多，重要的原因之一就是他们肩负的东西太多，又不愿意放下一些。胡夏演唱了《四大名捕2》的主题曲《放下》，丁丁张作的词太美了。歌词中有几句是这样的："我爱你，爱让我放下"，"一只手，握不住流沙；两双眼，留不住落花"，"千只雀，追不上流霞；万只蝶，抵不过霜打"，"一个人，走不到天涯；两场雪，封不住嫩芽"，"千个字，说不出情话；万封信，写不完牵挂"。

　　为什么有的人感到不自由，并不是因为人家的绳索捆绑，而是因为自我的精神囚禁。心里面放的东西太多，都记在心里，不愿意放下，不愿意遗忘，哪里还有自由可言？一个人，博闻强记固然很好，但是，一个人善于忘记也不能不说是一件好事。如同电脑硬盘那样，定期要格式化一些东西，清零一些东西，忘掉一些东西，定时让自己的大脑处于一片空白；腾出一些空间，置放更有价值、更加新颖的东西，同时，自己也更加自由了。

　　为什么有的人总是感到不幸福？或许是过去他（她）幸福，由于没有珍惜，让幸福跑掉了；或许，他（她）本可以更幸福一些，由于他（她）没有珍惜，失掉了机会而懊悔不已；或许在人家看来，他（她）已经很幸福了，但自己却觉得不幸福。幸福哪里找，就在你的身边，就在你活着的当下，就在珍惜你的生命、身体、健康、家庭、家人、朋友、爱情、工作、生活、学习中，就是在当下珍惜你拥有的一切。懂得，懂得，懂才能得！

207

# 124 改造世界与改造自己

## 改造世界之前，先改造自己

世界，人类所居住的宇宙。

佛经中的世界，是时空的意思。世，指时间；界，指空间。

世界上有的东西是可感知的，也有的是不可感知的。

"三观"中就有重要的世界观（还有人生观、价值观），就是对我们所处的世界的观感、看法。

我们在认识自己所处的世界，我们在建设我们所处的世界，我们也在努力改造我们所处的世界，我们也想把我们所处的世界改造得更好些！

我们发现，世界的确被我们打造、建造、改造得越来越好：交通多么便捷呀，重庆到上海的高铁也可以朝发夕至；到个美洲、欧洲也好快好快！高楼大厦何其多、生活多方便！信息沟通多形式，特别是网络，几乎改变了人们除思维以外的一切！

我们也发现，我们所处的世界让我们打造、建造、改造得越来越糟糕：战争频发、恐怖主义肆虐、生态破坏、食品不安全、信息不安全、生命不安全……我们的世界怎么了？我们把世界改造成什么样子了？这样改造下去，我们的世界会走到哪里去？

打造、建造、改造世界如斯，问题到底出在哪里？

不能怪罪世界，而应该从我们自己身上找原因！

想要打造、建造、改造世界，先要打造、建造、改造我们自己！

我即世界，世界即我也！我，自我、本我、超我、大我！

存在于世界上的每一个"我"，怎样改造自己？和平第一！安全第一！

无论城乡多繁荣，无论交通多发达，无论科技多创新，无论经济多发展，我们都更需要这个世界和平与安全！加大改造我们自己的力度，让每个世界公民为和平、安全的世界贡献我们的正能量！世界多美好，不要毁掉她！

# 125 单行线与转弯

## 人生不是单行线，一条路走不通，你可以转弯

　　故事：佛学院的一名禅师在上课时把一幅中国地图展开，与学僧有如下一番对话。

　　问："图上的河流有什么特点？"

　　答："都不是直线，而是弯弯的曲线。"

　　问："河流为什么不走直路，偏要走弯路呢？"

　　学僧们七嘴八舌：有人说，弯路是为了拉长流程，河流也因此拥有更大的流量，当夏季洪水来临时，河流就不会水满为患了；又有人说，流程拉长，每个单位河段的流量相对减少，河水对河床的冲击力也随之减弱，这就起到了保护河床的作用……

　　禅师说："都对！但根本的原因是，走弯路是自然界的常态，走直路反而是非常态，因为河流往前时会遇到各种障碍，无法逾越时就只有绕道而行，绕来绕去，避过了一道道障碍，最终抵达遥远的大海。"

　　学僧忽然领悟了，说："人生也如河流，坎坷挫折是常态，不必悲观失望，也不必长吁短叹、停滞不前。直闯不过，就换个法子，另辟蹊径，照样能抵达遥远人生的大海。"禅师又说："一般人遇困难即绕路，的确可以明哲保身，长命百岁；正如河流的源远流长，最终回归大海。但到下游时，泥沙淤积，愈流愈慢，

《芳菲过眼已成空》 陈元虎（2016 年）

| 211

如果它要回顾此生，也太唏嘘了吧！"

有人说：黄河滔滔，历经九曲方能一泻入海；雅鲁藏布大峡谷的勘探队伍，一路披荆斩棘，曲折回环，才能完成心中的梦想。每个人漫长的人生旅程，不可能是一条平滑的直线，弯路才是人生别无选择的主旋律。

直路虽平坦，可能更平淡；弯道虽坎坷，可能更辉煌。不要怕走弯路！

# 126 共同点与不同点

## 爱情不是寻找共同点，而是学会尊重不同点

由于共同点，两个人相爱了。两个人相爱了，不断地寻找着共同点，扩大共同点的范围，强化共同点的数量，提高共同点的质量，甚至把本不是共同点的也当成了共同点。

所以，有人说，恋爱是"犯贱"。真正的爱情是不需要理由的"犯贱"。

所以，热恋中的人是不理智、不理性的，会把缺点悄悄隐藏起来，会把不足掩盖起来，会化装、美装、乔装、精装，甚至会假装、伪装、"男扮女装"，也会有善意的谎言。热恋中的人，可能爱令智昏，并不懂得爱情的真正内涵，并不知道什么是真正的爱情，多少带有一些盲目、茫然。

其实，真正的爱情可能是从结婚过后才开始的。因为这时组成了家庭，热恋时的山盟海誓变成了生活中的平淡重复，面临的问题多多。双方的缺点、不足会暴露在生活的显微镜下，并可能被放大、扭曲。外面的世界真精彩，外面的诱惑纷纷来。恋爱需要考验，爱情将经受磨炼。

双方携手渡过爱情难关的一大法宝是"尊重"！尊重对方，尊重对方的父母，尊重对方的尊严，包括尊重对方的一些隐私。敬人者，人恒敬之。外人如此，夫妻双方也是如此。

双方携手渡过爱情难关的另一大法宝是"宽容"。宰相肚里能

212

撑船，将军额头可跑马！一宽，就能有容；一容就更宽了。宽容对方的不同点，如生活习惯、爱好兴趣，特别是要宽容对方的一些缺点和不足，求同存异。宽容之后，可以多沟通交流，努力改掉双方存在的一些不良习惯，从而由异到同。

　　但宽容不等于纵容，要尽量避免重大原则性的不同，避免危机和重大风险！

213

# 127 雨滴与花

没有一滴雨滴认为自己应该对洪水负责
没有一滴雨滴敢于对花儿绽放居功

洪水如猛兽般汹涌来袭，泛滥成灾，造成了人、财、物的损失。人们不喜欢甚至憎恨洪水泛滥、洪水猛兽，称之为洪灾、洪涝、洪祸。

都是水惹的祸！

于是，一滴雨水说话了：不能怪我的，我没有责任，我不过才一滴水而已。难道我这一滴雨水就形成了洪水猛兽？

智者说了：恰恰是一滴滴雨滴形成了洪水！

花儿绽放，开得绚丽多姿，惹得人见人爱！人们还喜欢让花儿绽放的水珠儿。

都是水立的功！

于是，一滴雨水说话了：看看，花儿绽放这全是我的功劳吧！没有我这雨水怎么能行！

智者又说了：一滴雨水不可能就让花儿绽放，一滴雨水不能贪天之功为己有。但是，恰恰是这一滴滴的雨水滋润让花儿绽放。

职场中人，恰恰是我们的一点点小错，可能引发大灾难；

职场中人，恰恰是我们每次都做得好一点点，就成就了我们的伟大事业！

# 128 玫瑰与荆棘

年轻时躺在玫瑰上，年老时就会躺在荆棘上

玫瑰，表示的是爱情、爱与美、容光焕发、爱和艳情。

玫瑰分红、黑、粉红、白、黄、绿、蓝等多种，也代表了不同的寓意。

送人 1 朵玫瑰，表示唯一、一心一意；送人 11 朵玫瑰，表示一生一世；送人 999 朵玫瑰，表示天长地久。

玫瑰美丽，有香气；玫瑰身上有刺，会刺痛。

人们喜欢玫瑰的芬芳、香气袭人、漂亮、美丽。送人玫瑰，即表达爱意。

"年轻时躺在玫瑰上"，比喻年轻时就贪图享受，不思进取，不努力学习，不提升能力。有没有这种人？古今中外都有，更不少。比如有的"官二代""富二代"，还有一些少年得志者，就是如此！

所以，古人就有了这样的警句："少壮不努力，老大徒伤悲。"

所以，一直以来就有这样的格言："人生有三大不幸：少年得志；中年丧偶（夫、妻）；老来丧子。"

少年得志本也是好事，早早的就有了成就。但是，如果因此就骄傲自满，躺在"功劳簿"上就此止步，那当然就是"清晨刷牙：一手杯具（悲剧），一手洗具（喜剧）"了。

有人说："人的后半生是让前半生点亮的。"

　　"年老时就会躺在荆棘上",比喻人的前半生不努力进取,没有能力本领,不能打下基础,不能创造业绩,老了后,身体不如年轻时了,体力不支了,脑力也减弱了,能力可能也退化了,想做许多事情也做不了啦,心有余而力不足,就会遇到更多更大的困难而没有多少能力去解决它,从而就可能"躺在荆棘上"了。

　　这两句话虽然都是一种比喻,但它形象地表明了年轻时努力与年老了享受年轻时努力成果的因果关系。

# 129 代替与拥有

## 没有人是不可替代的，没有东西是必须拥有的

这是香港电台知名主持人梁继璋写给儿子的一封信《下辈子，无论爱与不爱，我们都不会再见》中的一句话。

梁继璋在信中接着说："看透了这一点，将来你身边的人不再要你，或许失去了你最爱的一切时，也应该明白，这并不是什么大不了的事。"

世界上并没有人不可代替。伟人如此，平民如此；人多如此，人少也是如此；父母如此，儿女如此。

有的人自恃有才有能，就与组织叫板，就与领导叫板，恃才傲上，认为离了自己就玩不转，舍我其谁？其实，他就没有明白这个道理："没有人不可替代！"

有的人总是依赖别人，"路径依赖"，人物依赖，自己没有主见、主张、主意，什么事都"等、靠、要"。他们也没有明白这个道理："没有人不可替代！"

世上的东西，需要拥有的东西太多，人、财、物、资源、资本、知识、人际关系、能力，等等。拥有这些东西固然很好，它可以让一个人生活得更好、地位更高、名气更大、衣食住行更优越。但是，如果一味地追求、一味地强求，自己可能很累，也有可能会采取一些不正当的手段，反而会使自己处于人生的不利局面和境地。

如果能看透一点、看破一点，你拥有的这些东西，代表着可能你已经失去了另一些东西；你认为什么都是必须拥有的，也就走到了什么都可能拥有不了的深渊。

不强求什么东西都拥有，恰恰可能拥有的东西更多；既努力而为，又顺其自然，最爱的东西可能你已经拥有了！不信的话，看看你的手中、你的心中！

# (130 强弱与胜负

## 一时强弱在于力，千秋胜负在于理

领导者对下属的影响，最重要的是权力，权力影响的特点是强力、强硬、强制、强迫，通过指示和命令，让下属顺从、服从。

任何人，再伟大，在权力面前都显得脆弱和渺小。

领导者对下属的影响，很重要的是规则，包括法律、制度、规章、守则。在我的《管理创新：将智慧转化为财富》一书中，我用很大的篇幅写了如何进行制度管理。

制度前进一小步，管理前进一大步。所以，现代领导要多用规则少用权。

权力与规则对下属的影响，虽然效率高、速度快、果断坚决，但是，它可能只能影响人的身，很难影响人的心和魂。

管理中的难题也就在于如何影响下属的心和魂。

传说老子曾向他的老师请教为人处世之道。老师商容年事已高，过了百岁，学问高深，但也无法回答老子提出的这个问题，因为为人处世之道是一本厚厚的天书，不是几句话就能说清楚的。只见老师张开嘴让老子看，说他的嘴巴里有为人处世之道。

老子怎么看也没有看出老师的嘴巴里有什么为人处世之道。

老师对老子说：你看我的嘴巴里有牙齿吗？

老子答：没有。

老师又问：你看我的嘴巴里面有舌头吗？

老子答：有的。

老师说：这就对了。

老子马上悟出来了：刚硬的牙齿终究会一颗颗掉光，但是，柔软的舌头会一直伴随人走到生命的尽头。

现代管理形成了共识：管理管理，要管得有道理。理者，柔性也，千秋胜负也。

# 131 白手起家与手无寸铁

## 人，可以白手起家，但不可以手无寸铁

这是香港电台知名主持人梁继璋写给儿子的一封信《下辈子，无论爱与不爱，我们都不会再见》中的另一句话。

原话是这样的："虽然，很多有成就的人士都没有受过很多教育，但并不等于不用功读书，就一定可以成功。你学到的知识，就是你拥有的'武器'。人，可以白手起家，但不可以'手无寸铁'，切记！"

白手起家，旧指空手发家，空手创建家业，就是说没有任何经济实力支持，靠着双手进行创业，最后获得成功的果实。也用来形容人奋斗努力、坚持不懈、迎难而上的精神品质。

白手起家，现在用于形容在缺乏基础或条件极差的情况下艰苦奋斗，创立事业。没有经济基础或者没有能力基础都算白手起家。

白手起家的人，古今中外都很多很多。当皇帝的白手起家的不少；做企业赚钱的白手起家就更多。

特别是当今社会，提倡万众创新、大众创业，社会鼓励白手起家。

无论是白手起家还是继承祖业，都需要有信心、有能力、有知识、有水平，也就不能手无寸铁。白手起家本来就输了基础，与别人在起跑线上有了差距，超越的难度可能就更大一些；若是

再遇到自己是手无寸铁，没有能力本事，一般说来，创业是不会成功的；就算是继承了亿万家产，如果手无寸铁，没有本领能力，最终也不能守业，甚至会败家。

如果不是手无寸铁，而是很有能力，很有知识，它完全可以弥补白手起家的不足，缩小与人家已经有了资源、资产、资本方面先天优势的差距，缩小与人家在起跑线上的差距。

这一番话，既是梁继璋对儿子的良苦用心，也是对世人的一种劝导！

# 132 理性与良心

> 照耀人的唯一的灯是理性
> 引导生命于迷途的唯一手杖是良心

这是德国著名抒情诗人、散文家，被称为"德国古典文学的最后一位代表"的海涅的名句。

马克思偏爱诗人海涅。

故事：海涅是犹太人，常常遭到无端攻击。在一次晚会上，一个旅行家对他说："我发现了一个小岛，那个岛上竟然没有犹太人和驴子！"他的言外之意很明显是在骂海涅是驴子，而海涅不动声色地说："看来，只有你我一起去那个岛上，才会弥补这个缺陷！"海涅这个回答很巧妙，把那个旅行家骂自己的话也巧妙地回击过去了。

海涅很崇尚理性，认为它是照耀人的唯一灯塔。没有理性，一个人将在黑暗里行走，看不到方向，看不清前进的道路。古希腊的亚里士多德说："求知是人类的本性；人是理性动物；人的德性源于理性功能的卓越展示。"而德国的哲学家康德认为："理性是人类的认识能力。"

一个人如果不理性，将会怎样？男人可能被骂"疯子"，女性可能被指责为"泼妇"；领导不理性将致使决策失误、失败，管理者不理性将产生混乱，员工不理性将不受欢迎。

人可能进入生命的迷途，能帮助人走出迷途的是什么？海涅认为是良心，他用手杖相比。良心是儒家使用的一个名词，是被现实社会普遍认可并被自己所认同的行为规范和价值标准，良心是道德情感的基本形式，是个人自律的突出体现。

良心对于人们的行为具有判断、指导和监督的作用。没有善良之心，生命还有什么意义？有良心的人，才是真正意义上的人；没有良心的人，简直不是人！

# 133 阳光与沙漠

## 假如生活中你得到的总是阳光，你早就成沙漠了

人尽皆知，我们的心态要阳光。心态阳光，才有灿烂人生。

但是，我们所处的生活环境，实际上并不总是充满阳光，而且一个人的生活中也不可能总是得到阳光，这并不是较真儿！一如苏东坡在《水调歌头》中写道："人有悲欢离合，月有阴晴圆缺，此事古难全。"

假如一个人的生活中得不到一点阳光会怎么样？没有生气、没有生存、没有生命、没有生死、没有生涯、没有生机、没有生长、没有生息，也就没有生活本身，没有一切！当然，心态不阳光了，一个人的生活就可能名存实亡。他可能看风风冷，看雨雨寒，看人人坏，看事事糟；就算是春光明媚的百花园，也会当成是满目败柳残花，一片萧然。心态阴暗不阳光，即便太阳真的出现了，也会去诅咒阳光的不合时宜。

假如一个人的生活全部是阳光又会怎么样？那也不是人们应该有的生活！都是阳光、总是阳光，我们的环境、包括我们自己，早就成为沙漠了，这也并不是较真儿！因为有时没有阳光这才正常。因为有阳光，有阴天，也有风雨交加，才是真正的自然界，也才是每个人的现实生活；总是太阳，"不能见风雨，又怎能见彩虹"？人的一生，人的生活，怎能没有彩虹？怎能不见彩虹？

有人一直相信，"阴影也是可以很美的，因为那是阳光的赐予"。

人的一生，人的生活，离不开阳光，当然也离不开风雨，同样也离不开阴影！

要是你面前有一片阴影，或许只是因为你背后有阳光。

当你进入阴影的时候，你可能顿时觉得有一种清凉，可能会让你冷静下来，可能会让你去掉一些浮躁，可能会让你好好地反思反思，可能让你再想一想什么时候再有阳光，而且会珍惜曾经拥有的和将会拥有的阳光。

你已经进入阴影了，离灿烂的阳光还会远吗？

# 134 绝望与处境

绝望的人，有，少有！

绝望的话，多，很多！

绝望，就是没有了希望，甚至是希望完全消失，对某种事物完全失去了信心，属于人类负面情感的一种，是一种心态，是一种内心非常痛苦的感觉。

宗教学认为，绝望，通常是因周边环境令人无路可走、失望达到顶点时，所产生的极端情绪。

与希望相反，由于绝望，伴随恐惧而来的是心率改变、血压升高、盗汗、颤抖等生理上的应激反应，有时甚至会发生心脏骤停、休克等更强烈的生理反应。一个突然的、强烈的恐惧可能导致猝死。

绝望的原因也很多，通常是因为某些人在不同领域遇到重大挫折，例如离婚、唯一亲人死亡、众叛亲离、失业、破产、学业一落千丈、被欺凌、患有末期病等，归结起来，是对处境的绝望，由此导致这种极端的情绪产生。

其实，处境再恶劣，也没有绝望的理由。不是处境令人绝望，而是由于绝望的人把处境看成是绝望的了。

同样的处境，是不是绝望的人，心态不同的人，看法是不同的！

要知道，"天无绝人之路"！

　　要知道，"上帝关了一道门，还为你开着另一扇窗呢"！

　　要知道，"否极泰来""柳暗花明""绝处逢生""苦尽甘来"。逆境达到极点，就会向顺境转化。"坏运"到了尽头，"好运"就来了。

　　要知道，希望往往孕育在绝望之中！

　　关键的是，第一，调整心态，始终充满希望；第二，与其绝望崩塌，不如马上行动，适应处境，改变处境，力争成为恶劣处境的主人而非奴隶！

# 135 大事与小事

拿破仑·希尔有此名言。

伟人不多，伟人难成！想做大事的人多，但大多数人做不了大事，也不会做大事；大多数人总是平平常常、平平淡淡、平平静静地做着自己的本职工作小事！

从做小事到做大事，有人成功，但很难成就几人！做了大事，进而做成了大事，一直做大事，更难，人更少！做成大事后成为伟人就难上加难，人数就少之又少！

众生不能做大事，但是，大事也是众人做的，大事中有我一份力气。

众生不能都伟大，伟大也是从平凡起步的，我的平凡也能显现伟大。

就算一辈子都做着小事，我也要把小事做好；小事不小，小事其实也是大事，甚至是伟大之事；做得了小事，做得好小事，小事可能就成了大事。

什么样的方式能把小事做好？

当然是一种"伟大的方式"！

什么方式才是"伟大的方式"？

第一，平常心。平常人做平常事需要平常心！因为你做的是小

229

事，甚至一辈子可能做的都是这种小事。可能没有名，没有利，可能成为不了大事，甚至完全不可能成为"伟大"，但"平常是道"，平常心才能做好小事！

第二，负责任。小事也要负责任地认真去做。伟人就是负伟大责任的人；做大事的人就是负大责任的人；做小事的人看起来是负小责任的人；……任何人，负责任才能把事情做好，才能成就其伟大；不负责任的人，再伟大也会变得渺小。做小事的人，只要负责任，再小也伟大。

第三，能力升。伟大的人需要伟大的能力；做大事的人，需要重大的能力；做小事的人也需要一定的能力。不断提升能力是小事成大事、大事成伟业的必备条件。任何人，做任何事，提升能力都是永恒的。能力成就伟大！

# (136 原则与灵活

## 大事讲原则，小事要灵活

还是在我读小学二年级的时候，有一次，我的班主任老师把我叫到办公室，对我一个人语重心长地说，国平啊，无论你今后做事做到什么程度，要记住，大事讲原则，小事和稀泥。

当时人很小，不懂得这句话的意思，只是点头说好。但这句话的确让我牢记在心。

我们的班主任人很好，很正，他见我是个乖学生，也是学生干部，从小受到的是正统教育（父亲是新四军连长），估计我长大了能成点气候，于是，经常这样单独地教导我，这对我后来在领导岗位上工作是有一定影响的。

我在作"智商与情商""卓越领导力"的演讲时，多次引用过这段话，并予以修改，我讲的是：大事讲原则，小事装糊涂；大事讲原则，小事要灵活。这主要是针对领导者而言的，其实，人与人处理关系，何尝不是如此？

清朝乾隆皇帝曾经说过："不聋不瞎，不能当家。"这里的"当家"，指的就是当官的，特别是"一把手"的正职领导。

我在作"如何当好正职领导"的演讲时，也曾经谈到，"一把手"领导不要事必躬亲，不要事无巨细，要从战略的高度抓大事，而细小的事情，要善于授权给部下去做。部下有什么小的过错，要能够宽容，容得下人，有的事情和问题，可以让时间消化它，可以让下属自动修正、自觉改正；有的问题时间长了可能它自然会解决。但大是大非的原则问题，绝对不能含糊，一定要坚守原则的底线！

有时候，"一把手"领导眼睛里要能够掺得进点沙子。

# $\big(137$ 安全与担当

人们越来越关注在一个社会中生活有没有安全感。

全世界没有安全感的国家在增多。不少财富人士很是迷茫，世界上哪里有天堂？天涯何处才是避风港？特别是在恐怖主义肆虐全世界的背景下，中东、西亚不用说了，美欧也极不安全。

社会安全了，才可能使一个国家安全、一个民族安全，进而才是安全的社会。

一般来讲，社会安全是衡量一个国家或地区构成安全社会的四个基本方面的综合性指数，包括社会治安、交通安全、生活安全和生产安全。

现在安全概念的范围在扩大，人们对安全的担心也在延伸：食品安全成了特别的重点；信息安全成了焦点，人们还有多少隐私可言？金融安全成了议论多多的热点，金融诈骗让你防不胜防；网络安全成了新型安全威胁的难点。

安全感是反映社会治安状况的重要标志之一，也是衡量社会运行机制和人们生活安定程度的标志。人人都渴望安全！

有人问道：那些制造各种不安全事故、逆安全而动的人，他们难道不希望安全吗？他们不可能是从石头缝里蹦出来的，他们也有家人呀！在危及他人安全的同时，他们自己、他们的家人就不怕别

233

人危及其安全吗?

　　人人都献出一点爱,世界将变得更精彩! 人人都愿意担当社会责任,才可能建设成为一个安全的社会。

　　对于安全的担当、承担、担负,从人人愿意、责无旁贷,再到人人勇于、敢于担当,进而同危及安全的祸害作坚决的斗争! 这样才能营造出一个安全的社会!

# 138 失误与协调

人常说，千里之堤，溃于蚁穴。

看一下很多失败的案例，战争中的、商场上的、某一项活动里，很多都是一个细小的环节没有注意到，就可能酿成灭顶之灾，满盘皆输。美国西点军校22条军规中的第三条很出名：细节决定成败。

三国时期，东吴的周瑜，用五六万人马大败曹操的八十三万大军，就是一个很好的例子。

234

周瑜做了很多前期准备工作：使用了三计（离间计、苦肉计、连环计），还把刘备手下的诸葛亮借来，让诸葛亮得以巧施草船借箭的妙计。什么都准备好了，只等点火烧曹营。但是，周瑜有一天在江边的战船上与众将官观敌瞭阵时，见风吹军旗飘动，若有所悟，口吐鲜血，昏死过去。原来，周瑜忽略了一点：当地冬天没有东南风，只有西北风。因为火烧曹营是在冬天，而曹军在长江以北，必须依靠东南风才能火烧曹营。

就是这一点点失误，几乎造成周瑜前功尽弃，甚至会大败亏输。

后来，诸葛亮为周瑜借来东风，加上其他各种因素的协调作用，才使得这一仗取得成功、获得胜利。

# *139* 退潮与裤子

## 只有当海水退潮时，才知道谁没有穿裤子

全世界炒股第一人巴菲特，人称股神，他有很多名言，这是其中我最欣赏的名言之一，也是特别值得人玩味的一句。

海水退潮了，哪个人有没有穿裤子，一眼就看出来了。

其实，我国也有不少类似的名言：

家贫出孝子，国难显忠臣。

疾风知劲草，路遥知马力。

海枯石头现，云散日出来。

当股市大跌的时候，才知道谁会不会炒股；才知道炒股的资本是不是你的；才知道你在股海里的心态如何，那时就会显现出炒股人的千姿百态。

同样的，人家顺风顺水，风光无限；有权有钱、有势有力，于是，趋炎附势、锦上添花的人就很多。这时，涨潮的海水中看不出谁在海里穿没穿裤子。

只有当人家有困难时、受到挫折时、失败时，甚至是落难潦倒时，如何正确对待别人、不歧视别人，甚至帮助别人，才能看出一个人的人品，显现出一个人是否伟大，能瞧见谁没有穿裤子！

# 140 目标要高

在欧洲有这样的一句谚语，它喻指一个人要想获得更大的成功成就，目标就要定得高一些。

苏联人也说了："一个人努力的目标越高，他的才力就发展得越快，对于社会就更有效果。"美国人也说得好："喷泉的高度不会超过它的源头；一个人的成就不会超过他的信念。""不要订微不足道的计划，因为它没有使人热血沸腾的魅力。"爱因斯坦说得更好："在一个崇高的目标支持下，不停地工作，即使慢，也一定会获得成功。"英国人如是说："伟大的目标构成伟大的心灵。"

中国人很早就说得更好了。宋朝宰相王安石在《登飞来峰》一诗中写道："不畏浮云遮望眼，只缘身在最高层。"汪国真的诗词也说得好："没有比人更高的山，没有比脚更长的路！"民间人士更有气魄："山高有攀头，路远有奔头。"

我也曾说：目标高，才能鼓舞士气；措施实，才能接到地气；方向明，才能聚集人气；执行强，大家才会卖力气！

故事：在某建筑工地上，有人问三个砌砖工人："你们在做什么？"第一个工人回答说："我在砌砖。我要做养家糊口的事，混口饭吃。"第二个工人说："我正在赚钱养家。我能做最棒的砖匠工作。"第三个工人说："我正在建造世界上最有特色的殿堂。"这三个砌砖工人的回答，实质上道出了每个人对"砌砖"这一工作的认识、态度，进而反映出了每个人人生追求的目标和志向。据说到了后来，前两个人始终都是普普通通的砌砖工人，而第三个工人最后则成了有名的建筑师。

# (141 方向与风向

在英国有这样的一句谚语！

船行河湖江海，给一句祝福语："一路顺风。"

出门出行出差，并非都是乘船，但也要给一句祝福语："一路顺风。"

顺风顺水好行船，逆水顺风助船行；怕的是逆水又逆风，怕的是"船迟又遇打头风"。这里的"打头风"，就是逆风！

一艘远行的航船，要驶向何方？要行到哪里？

本来在东南西北的某一个方向上，如果有风吹来，这艘航船总有一个方向是顺风！尽管它没有任何目标，盲目地航行，也会有一个方向是顺风。为什么英国人说"所有方向的风都是逆风"呢？

这是一个比喻！航船没有目标、目的地而盲目航行，风险大，危机四伏，可能每个方向吹来的风都是逆风、"打头风"，因为对于没有目标、目的地的航船来说，"顺风何从谈起？""它是准备顺到哪里去？"什么风对它来讲都没有顺风可言，没有顺风的价值意义！"目标方向不对，辛苦努力白费！"

同样的，一个人、一个组织、一个民族也是如此。航船驶向何处？不能盲目！

特别是作为一个人来说，有目标的人，不盲目，走也是在奔跑；没目标的人，很盲目，奔跑也是在流浪，因为他不知道要去哪里。有目标的人，不盲目，所有言行都在感恩；没目标的人，很盲目，总是在抱怨，因为觉得大家都亏欠了自己。有目标的人，总是睡不着，为了目标不停策划；没目标的人，很盲目，睡不醒，因为不知道起来去干什么。有目标的人，内心安宁；没目标的人，内心茫然，因为就像在大海里航行没有指南针一样。

有目标的人，知道往哪里使力，做事百般顺；没有目标的人，如同没头的苍蝇乱窜，偏遇"打头风"。

# (142 目标方向与努力

## 目标方向不对，辛苦努力白费

目标，就是人们想完成的事，是一种未来的愿景，是使命的具体化，是预期要达到的目的，是希望要产生的结果。

目的是终点站，目标是里程碑；目标是阶段性目的，目的是最终目标。

目标有很多种，工作目标、生活目标、学习目标、企业目标、事业目标、团队目标、长期目标、中期目标、短期目标、大目标、中目标、小目标、真目标、假目标、好目标、定量目标、定性目标、动态目标、静态目标、总目标、分目标。

一个人、一个组织、一个民族、一个国家，有无目标不一样，目标好坏不一样，目标是否实施不一样，目标实施好坏不一样。

因为目标，大家便有方向、有希望、有奔头；大家才可能拧成一股绳，心往一处想，劲往一处使。

因为目标，个人、组织、民族才能产生创造性的扩张力。

人们深深知道，创造性张力来自于始终使自己的行为与自己的目标保持一致。在一个组织里，目标一旦制订了，一切工作就围绕目标进行；如果有所偏离，一定要"拨正航向"，始终对准目标。

三国时，东吴的周瑜只有五六万人马，而曹操有数十万人马，

号称百万之众，这一仗怎么打？周瑜用了三计：离间计、苦肉计、连环计；用了三借：从刘备处借了诸葛亮、让孔明草船借箭、让诸葛亮借东风。人们不禁要问，三十六计，为什么周瑜只用这三计？为什么不借张飞而借诸葛亮？为什么让孔明草船借箭而不是借大刀长矛？为什么让诸葛亮借东风而不借西风？为什么要用火烧而不用水淹？为什么要火烧赤壁而不是其他地方？这全部是围绕一个目标目的，即消灭曹军、多消灭曹军。如果不用火烧、不烧赤壁、不用这三计、不用这三借，再用多大的力气也不可能大败曹军，所有努力都是白费。

# 143 预测与创造

## 与其痴迷预测未来，不如努力创造未来

我们都有未来，我们都不知道未来是什么样子。未来总是要来，无论是好是坏，无论是不是符合我们的预期。正因为未来的不可知，才使未来产生了太大的魅力。

于是，有了一门学问："未来学"，专门研究未来发展的趋势。而且有许多人进入了预测未来的领域：对经济发展的未来进行预测、对股市未来进行分析、对社会未来发展进行描绘、对人生未来作预卜，甚至出现了阴阳八卦、算命占卜。

许多预测也有一定的科学性：根据过去看现在；根据过去和现在预测未来。但许多预测，比如算命占卜，包括所谓的"科学算命"，就太离谱、太荒唐了。

有一个这样的故事：某人有意识地身上不带分文就去让算命先生给算命。只见算命先生摇头晃脑、煞有介事地认真算起来。算命完毕后，那人起身便走。算命先生拦住他，对他说："朋友，卦金付了再走吧！"那人对算命先生说："先生差矣！你这么会算命，怎么没有算到我身上没带钱呢？"

这只是一个笑话而已！但是，有的人的确沉溺于算命、痴迷于预测自己的未来，不能自拔，不去努力工作。

分析一下未来，展望一下未来，描绘一下自己美好未来的前景，也是好的。但是，与其把太多的精力放在这上面，不如把更多更

好的精力放在"放眼未来，立足当下"上，放在把当下的事情做好上，放在努力去创造一个美好的未来上。

美好的未来是方向、是理想、是梦想、是愿景，也是需要有的，但是，一旦方向坚定、目标确定、梦想锁定、理想笃定，就不要再去犹豫，就不要再去彷徨，就要努力去创造美好的未来！

美好的未来不是预测出来的，一定是通过我们千辛万苦的努力创造出来的。

# (144 关于本职工作

把每一次本职工作当成是第一次，认真负责去做
把每一次本职工作当成最后一次，这是最后的机会

我开车八年了，相对比较熟练了。但是，每当我坐到驾驶位，手握方向盘，我就提醒自己，我这是刚拿到驾照后的第一次开车，不仅仅是"新手上路，请多关照"的问题，更是要小心翼翼，如履薄冰、如走钢丝地开车。

有的演讲题目，如责任、执行力，我可能讲了上百场了，但我讲第一百零一场时，我仍然当作是第一场认认真真地讲。因为，很多的"第一次"都是特别认真的。时间长了、次数多了，可能就放松了、麻痹了、麻木了，从而出错的概率就增大了。

而且，我把每一次演讲都当作最后一次，提醒自己，这次演讲不好，下次演讲就没有人邀请我了。

下一次演讲，我又把它当作最后一次。

每位职场中的人，如果这次本职工作做得不好，上级领导有可能就不再给你机会了，客户、服务对象也可能不会再给你机会了。于是，我们要努力做得再好一点点，我们要提供本职工作的精品！

成功与优秀，往往就在于这一次次：每一次、第一次、最后一次。

# 145 学历与学习能力

## 学历代表过去，学习能力代表将来

许多人在追求高学历！

有人说这是一个"学历社会"！

君不见，各种各样的人才招聘、就业机会，学历一定是一个"硬杠杠""铁门槛"，而且学历的要求似乎越来越高。这种导向，就演绎出了多少学历故事、学历笑话，甚至是学历错误、学历犯罪！

全世界的共识：一般而论，有学历文凭比没有好，因为学历就是学习的历史，代表你经过了正规的学习训练；有高学历比没有高学历好，因为就一般而论，高学历者可能知识更多、理论更强、学术水平更高。

当然，自学成才也是有的，但相比有正规学历的而言，自学难有正规学历，就业、招聘也会受到一定的影响。

但是，人们也发现，学历毕竟只是学习的历史，是过去式，能说明一定的问题，但不能说明全部问题。时代在发展、社会在进步，过去学的知识可能在折旧，可能在老化。怎么办？一方面要可持续地学习新知识；另一方面，也是更重要的方面，要努力提升自己的学习能力，特别是提升自己再学习知识的能力。因为，一个人出了校门后，人生中工作的时间更长，在学校的学习，虽然有了学历，有了文凭，但那只是打基础，那只是自己再学习知识、提升能力的基础平台。

一个人，真正的将来，真正的美好未来，是自己要努力掌握再学习知识的能力，并将之用于终身学习知识的人生之中。

# 146 天才在哪里

## 伟大（天才）出自业余

这是美国的一句名言。

几年前，曾经应邀到广东省为7个部委局办作过"责任与执行力"的演讲。

第一场演讲是在一个厅局级单位。主持会议的是一位副厅长。

演讲结束后，这位副厅长与我闲聊，他问："教授，您的知识面这么广，业余时间您都做些什么？"

我答道："不打麻将、不斗地主、不跳舞、不唱卡拉 OK，大多数业余时间是读书、写书、说书（讲课）。"

副厅长听了我的话后又说了一句："怪说呢，伟大出自业余啊！"

我知道，我并不伟大，更不是天才；他也并没有说我伟大、天才。但是，这句名言的确太有意思了，我曾经在多次演讲中引用过它，我对我指导的研究生们也多次讲过这句话。

是的，上班时间大家同样地干活，但是，业余时间我们都做了些什么？

而这往往是拉开人与人差距、能不能成为伟人、天才的最重要的原因之一！

# (147 原创与盗版

> **每个人出生的时候都是原创**
> **可悲的是，很多人渐渐都成了盗版**

"人不能两次踏进同一条河流。"古希腊哲学家赫拉克利特如是说。

"世界上没有两片完全相同的树叶。"德国哲学家莱布尼茨如是说。

我们的孩子出生后，都是不一样的，哪怕是同胎的几个。长相、头发、身高、体重、声音、脾气、性格、行为方式等，即所谓都是原创的，都有自己的个性、特征。

人、人类，本就应该是有个性的，共性寓于个性之中，普遍寓于特殊之中！

个性化的、多元化的世界才是真正精彩的世界。

个性化的人类，才可能有创新与创造，社会也才能够发展。

曾几何时，我们的父母和学校进入了一个误区，甚至社会也进入了误区，拷贝复制式的教育，让千人一面、万人一孔，一个模式、一个教育大纲、一个教学计划、一样的教材、一样的教法、一样的进度、一样的考题、一样的标准答案，培养出一个样子的人才。于是，很多人成了所谓的"盗版"。

而且，人的一生是有变化的。第一次过了这条河，下一次再过

247

这条河的时候，河流的很多情况都变了，有可能河还是那条河，但河也并不一定是那条河了。

人上一百，形形色色！我们可能在教育上、管理上、提供机会上、平台上、舞台上，考虑个性的东西还不够，因材施教还有很大的发展和改进空间，在个性的管理方面还有很大的提升空间。

作为个体的人，我们既要接受大一统的教育，但也要在个性的学习方面自我进步，形成自己的特色和创造力潜质。

借鉴是必要的，过度的借鉴便成了盗版！个性化是有益的，过度的个性便失之规范！原创必须坚持，原创为王！

# (148 赚钱与值钱

## 要想赚大钱，先要让自己值钱

一般人都想赚钱，赚大钱，因为我们生活在商品经济、市场经济中，因为我们开门的七件事——柴米油盐酱醋茶，都要花钱；因为我们要过日子、孩子要读书、出门要坐车、回家要吃饭，这些都要花钱！

想赚钱，赚大钱，这是很正常的。过年了，人们的祝福语普遍使用的是"恭喜发财"。每一个公民，只要是依法、勤劳的，社会是支持、鼓励让一部分人先富起来的！

怎样才能赚钱、赚大钱？

方法千万个，道路万千条，非常重要的一个方面就是先要让自己值钱！

元朝无名氏写的杂剧《马陵道》的开头，即"楔子"里有两句很有意思的话："学成文武艺，货与帝王家"，这里的"货与"，就是"卖给"的意思。意即学好了文学武学的本领，就可以当官，为朝廷、为帝王服务，当然，个人的价值就很高了。

今天，也有"人才者，人财也"之说！真正的人才很值钱。一方面，他的收入待遇高，这当然是"值钱"；另一方面，真正的人才，他能创造更多的价值，能创造出比自身价值更大的价值，能够为企业、为社会增值价值，同时也为自己挣到更多更好的钱。

　　时下，长得漂亮美丽的人，被称为"颜值高"。在股市里，全民所有的股票叫市值高。而德才绩统一的人，也是一种稀缺资源，他的"市值"也很高，创造的价值更是高！

　　一个比尔·盖茨、一个乔布斯的"市值"是多少？他们能赚多少钱？

　　要想赚钱、赚大钱，不能不切实际地空想一番，要多学知识，提高自己的素质素养和能力，并积极努力地去实干。

　　要想赚钱、赚大钱，在当下，特别要积极投入万众创新、大众创业的实践中去。

# (149 寄语职场中人

> **别人走过场，你要认真负责做**
> **别人怕吃亏，你要主动找亏吃**
> **别人在应付，你要加倍下功夫**

一次，在三峡库区的一个县作演讲，记得讲的是《当好部下的艺术》。

某县的一位陈姓局长，坐在第一排，非常认真地全程听完我的演讲。

晚上，我们共进晚餐。在餐桌上，这位陈局长与我边吃边聊，他又把我演讲中讲的许多他认为精彩的话重复说了一遍。我很惊讶，他居然记住了我演讲中的那么多话。

他说，我印象最深的就是这三句话！

首先要认真，认真做事，一定能做好。一认真，就会负责；一负责，就会落实；一落实，领导和群众就放心了，事情就办好了。

还要学会吃亏。有人说，"吃亏是人生账户上的一笔储蓄"，"吃得了亏，才扎得了堆"，愿意吃亏的人，才有人愿意与你交往。

不要应付人、事、物、组织和领导，不要应付工作和任务，应付别人，会遭到别人的应付。不应付的最好方法就是主动、负责，每件工作都要认真负责地去做，才能做好。今天的主动，就是明天的成功；今天能担当，明天就能发光。

这位陈姓局长还讲道：我多次对我的手下讲，我为什么能当局长，而有的人当不了局长？原因固然很多，但是，很重要的一点是，因为我把吃亏、奉献当幸福；而有的人可能是把吃亏、奉献当包袱。有一天，你能够把吃亏、奉献从包袱变成幸福了，你也就有可能当局长了。

我听后深以为然。

# 150 执行者与策划者

## 一个好的"执行者"能够弥补"策划者"的不足

这几年，"执行力"在中国业界很是热络，演讲、书籍、研讨、实战，都是少不了的内容；寻找、培养执行力强的人成了热门话题和实训经典。

什么样的人是执行力强的人？有普遍的标准，有个性的要求。

有一个国际性的调查机构，调查了上万不同类型的人，得出了超过上万个答案。每个人心中都有一个或者几个执行力强的人的画像。但是，大家相对一致的前十个答案是这样的：第一，自动自发、自觉自愿；第二，注意细节；第三，为人诚信负责；第四，善于分析、判断、应变；第五，乐于学习、求知；第六，具有创意；第七，韧性——对工作投入；第八，人际关系良好——团队合作；第九，求胜欲望强烈；第十，服从。

人们注意到，这十个方面不一定都适合每个组织、每个人，但是，它大可作为一种标准去寻找、培养员工。

人们还注意到，以上十个方面，排在第一的是"自动自发、自觉自愿"，从要我执行到我要执行，从被动执行到主动执行。更重要的是，在执行的过程中，能主动修正原计划任务的不足之处。

原来的方案、计划、任务与决策，在策划过程中，难免有这样那样的不足，不可能都是十全十美的。因为，科学的决策往往

是"次优化决策"。而且，一旦决策完毕进入实施阶段后，情况可能发生变化，时间变了，地点变了，人变了，环境变了，原来的方案可能也要随之而改变。作为执行者，见此状况后，不是埋怨指责，不是坐靠上级指示，也不是推翻重来，更不是对着干、反着干，而是发挥执行者的主观能动性，自动自发、自觉自愿地弥补、修正策划者的不足之处，并继续实施执行。这样的执行者，既没有离腔走板、离经叛道，又能够把方案更好地贯彻实施下去，这样的执行者是优秀的执行者。

# (151 责任名言

乔布斯在世时有说过这样一句名言。

责任重要，人人知道！责任也简单，就两个字而已，但是责任重于山大于天。

做人做事，成在承担责任，败在不负责任。

但遍观社会，负责任的人很多，不负责任的人也不少！

人们普遍忧虑，责任缺失严重！推卸推诿责任，不担当责任，甚至与负责任相反的事也很多！

领导最不喜欢部下遇事推诿、挑肥拣瘦、推三阻四！

如果领导把一项工作交给你，把一项任务布置给你，哪怕很困难，哪怕是分外的，哪怕没有报酬，你怎么办？先硬着头皮接受任务，承担下来，不推诿推辞。因为领导把这样的工作交给你，说明领导信任你，领导心中装着你，是把机会给了你，关键的时候重用你。同时，你的价值也能充分体现出来，负了责，做好了，你的价值会增加、增值！

反之，如果推诿推辞推卸，领导反而怕了你，下次有好事、困难的事都不会再找你！中国的人才多得很，中国最缺的是人才，中国最不缺的也是人才。领导可能会找其他人，这样，你可能会被晾在一边，慎用、不用，至少不会重用，而且有可能一晾就是不短的时间。这恰恰就是一个人在职场中的悲剧！

由此，你的机会可能就少得多，你的人生价值不仅不能增值，反而从此开始就进入贬值的通道。

推诿责任，推掉了的是权和利，推掉了的是信任和机会，人生就从此走向了贬值。

# (152 责任重要

> **优秀的职场人身上**
> **应该流淌着责任的血液**
> **应该散发出责任的气息**

一个职场中人，无论工人、农民、军人、医生、教师，还是公务员、老总、员工、律师、演员，等等，你的名字都叫"责任"，必须担当。只有负责任，才能在优秀的大道上阔步前进。

在职场中，在本职工作岗位上，一言一行、一举一动、一事一情，负责任是基本要求，是优秀的必备条件。

责任意识要深入职场人的骨髓，进入职场人的血液，在职场人灵魂的深处把"责任"二字深深地镌刻。

职场人，无论你是 A 型血、B 型血，还是 AB 型血，都应该是责任型的血液；职场人，无论你身上有着药味、油味还是粉笔味，你身上都应该散发出责任的气味气息。

因为你负责任，才来到人世间，才来到本学校、本医院、本公司、本部委、本科室。

压力越大，责任越大。

能力越强，责任越大。

业绩越好，责任越大。

# (153 责成与责任

> **责成责成，责才能成，成需要责**
> **责任责任，责才能任，任需要责**

责任非常重要，成了时代的主旋律、最强音，成了正能量的核心。

学者宿春礼讲过：现在的社会并不缺少有能力的人，但每个组织真正需要的则是既有能力又有责任感的人。

"责成"：一个人，成人、成才、成功、成绩、成就、成名、成家，责任是基础，责任是前提。"不负责，哪儿能成啊！"责成你去办某件事，完成某个任务，负责任的人去做，领导和群众就放心，他就能办好，从而能成。

"责任"：一个人，信任、担任、任人、任事、任用、任职、任命，委以重任，能否胜任，第一位是看责任。敢于担当责任的人，就给他压担子，让他挑大梁，相信他会干好，因为他有责任感，从而能任！

怎一个"责"字了得！

我作了不少关于责任方面的演讲，与听众产生共鸣，得到认同，效果很好。

我写了三本以责任为主题的书：《从责任走向优秀》《悟道责任》《责任的担当》，有两本获评了全国同行业的优秀畅销书。我这三本书的主题思想一以贯之：责任比能力更重要。

兴趣可能转移，责任不能推卸！

# (154 责任与能力

## 三分能力，七分责任

一个共识：责任比能力更重要。

有的人，能力很强，智商很高，但是却不愿意担当责任，工作、生活、学习都不负责，对国家、社会、组织、家庭、家人、朋友、领导、部下、同事不负责任，结果是什么？大家都不喜欢他，甚至讨厌他！

近几年，我指导的博士、硕士，一进入"我的门下"，成为"曾家军"的一员，在第一时间里，我就发一本我写的责任方面的书给他们，要他们读，要他们在学校读书期间就要养成负责任的习惯。

比如上课，人家上课迟到，你不要迟到。

人家逃课，你不要逃课。

人家上课玩手机、看无关的书报，你不要这样。

上课要尽量坐前排。要积极举手回答问题、发言提问。

下课休息时，要主动为老师倒开水、擦黑板。

在网上的言行一定要符合社会的主流价值观。

这些看起来是小事，但都能体现责任心。

养成负责任的习惯后，进入社会、工作了，分内分外的事都要自动自发、自觉自愿地去做，都要负责任地做。负责任的态度和行为是第一位的，能力往往成了第二位的了。

# 155 热情与责任心

**一个人若没有热情，他将一事无成
而热情的基点正是责任心**

这是 19 世纪中期俄国批判现实主义作家、文学家、思想家、哲学家列夫·尼古拉耶维奇·托尔斯泰的一句名言。

一个人需要有热情，并由此产生激情。热情，就是人参与活动或对待别人所表现出来的热烈、积极、主动、友好的情感或态度。

热情是对人、对工作、对社会、对国家的一种令人积极的态度。

有热情的人讨人喜欢，有热情的人工作主动肯干，有热情的人总是积极向上，有热情的人心态阳光，有热情的人会自动自发、自觉自愿地执行工作任务，有热情的人会给人以春天般的温暖，有热情的人更有亲和力，更容易与人亲近接近，更容易与人沟通交流，做事更容易成功！在职场中，有热情的人更容易升职。

反之，一个没有热情的人，可能对人、对事、对工作冷淡、冷漠、冷气逼人，可能给人"三伏寒"的感觉。

还是热情一点好。比如，到别人家去做客，主人热情好客与主人冷漠待人，客人有怎样的感受？

怎样才能热情？基点在"责任心"。对家庭负责，不会在家里施暴力或冷暴力，家庭和睦和顺；对工作负责，会爱岗敬业，执行有力，业绩更佳；对社会负责，勇于担当，为社会作出应有贡献；对国家负责，就会深深地爱国，并把爱国心变成爱国行，落实到本职工作中；对自己负责，将言必信、行必果，自律他律，慎独慎微。对自己负责，最终也是对家庭、亲人、工作、社会、祖国负责！

托尔斯泰还说过："有无责任心，将决定生活、家庭、工作、学习成功和失败。"

# 156 一切为了客户

> **当客户没有想到的，要为客户想到**
> **当客户已经想到的，要为客户做到**
> **当已经为客户做到的，要尽量为客户做好**

现代企业的经营，以市场为导向，实际上是以需求为导向，根本的是以客户的需求为导向。

所以，客户是企业经营的核心，没有客户，就没有企业的一切。

这个浅显的道理，其实每个企业的经营者都知道。落实到具体怎么做？就有很多方法。

河南有一个民营商业企业，为顾客提供"超值、超预期服务"，提供"无条件、无理由服务"，让顾客感到意外、惊喜、感动。

我曾经顺便去作了实地考察，的确如此。

在该商场的每一部阶梯式电梯旁，都站有一个专门的人员，为上下电梯、需要帮助的人提供帮助；下雨了，他们会安排一二十人专门打雨伞送顾客出门乘坐的士或大巴车；他们还实行了无条件退货制度，等等。

我实地考察的结论就是他们基本上做到了上面这三句话。

# 157 医者三件宝

我在不少医院作过演讲，因病住过院、做过几次大手术，与不少医院的院长、医务人员成了好朋友，在与他们的交流中，了解了一些医务知识和他们的医务行为。

做一名合格的、优秀的医务人员，在对患者实施医疗服务的过程中，第一位的是语言，而不是用药、动手术。

特别是良好的医患沟通，往往能起到药物和手术刀不能起到的良好作用，对药物和手术效果会有很大的促进和辅助作用。

259

药物和手术刀，这是医务人员治病救人的两大利器。但是针对什么样的人、什么样的病，用什么样的药、动什么样的手术，要对症！即所谓"病万变，药亦万变"！

国际医疗界提倡"不要过度治疗"，而我国医疗界过度治疗的情况是不少的。

医务工作者对于每一位患者，不一定要把这三件宝都用上，但语言沟通是必须的，而且要努力提升沟通能力。

医疗是什么？

有时去治愈，常常去帮助，但总是要去安慰。（To Cure Sometimes, To Relieve Often, To Comfort Always.）

虽然不一定都能把患者的病医治好，但总可以让患者心里面舒服一些。哪怕仅仅是医务人员一句温馨的话语、一个姿势、一个微笑、一个眼神，患者可能也会受用无比。

医患沟通空前重要！医务人员的语言非常重要！

# (158 领导三件宝

## 领导三件宝：问题、原因、对策好

怎样才能成为一名卓越的领导者？方法千万个，道路万千条，最重要的是拥有这三件宝。

领导者要善于发现问题。特别是到了一个新单位，不要急于表态，先调查研究，掌握情况。当你认为没有问题，这恰恰是最大的问题；最大的问题就是你认为没有问题。当你认为没有问题的时候，可能问题就已经产生了，可能它已经悄悄地来到你的身边，并可能是灭顶之灾。

生于忧患，死于安乐！

所以，现代领导者要善于发现问题，所谓"发现问题就等于解决了问题的一半"，就是这个道理。

发现问题后怎么办？不是去怨天尤人，不要总是埋怨指责，而是要想办法找原因，多方面找根本原因，找起始原因，找原因的原因。

找到原因后又怎么办？根据问题和原因找到很好的解决问题的办法和对策。

党的十八届三中全会提出，全面深化改革，就是针对若干问题而实施的。如习总书记所讲的："问题倒逼改革"，"改革就是为了解决问题"。

几十年的改革开放，解决了许许多多的问题，但同时又出现了许多新的问题，它们是发展中的问题、前进中的问题。我们既发现了问题，也找到了原因，于是党中央就提出了全面深化改革的对策措施。

# 159 心态与状态

## 心态决定状态；状态反映心态

有人做了一个试验，请了一位全国知名的心理学家，让他解读一下某人心里正在想什么。结果是什么？再厉害的心理学家也看不出别人心里在想什么！

但是，从一个人的行为方式、各种状态中，确实可以看出这个人的心态和心理状况。

人的心理活动往往会以某种言行反映出来，状态反映心态。

比如，某知名演讲者作了一场精彩的演讲，大多数听众都能专心听讲，但也有少数人低头玩手机，或是进出会场来回接听电话，或者是心不在焉，或者是一直看其他无关的书籍。至少可以说，有些不能够专心听演讲的人，心态不一定好，心里比较浮躁。

静心方可悟道，笃行始达至善。

一个人的工作状态、学习状态、生活状态，走在斑马线、红绿灯面前的一举一动，都可以看出某些人的心态。一个人的心态很大程度上可以通过他的各种状态反映出来。

# (160 失败与成功

## 不为失败找借口，只为成功找方法

人人都有可能失败，人人都想获得成功。

面对失败，我们会有多种多样的选择和行为。

有的人面对失败，会总结经验教训，找出失败的原因，再努力，再奋斗。虽然今后可能还有多次失败，但是，他屡败屡战，继续寻找成功的方法，不懈努力，结果可能会成功；他也可能继续失败，"失败是成功之母"。

有的人面对失败，没有勇气面对，找借口推卸责任，怨天尤人，埋怨多多，推客观，不担当，有的甚至自杀。这样的人，不仅是被失败打垮了，而且，由于找借口，就不愿意去寻找成功的方法，当然他就再也没有成功的希望和可能性了。

美国有一位总统叫杜鲁门，他接替罗斯福担任美国的总统。虽然麦克阿瑟等强势之人都瞧不起他，认为他是"弱"总统，但是，他们却非常佩服杜鲁门的一句座右铭：

"The buck stops here." —— "借口止于此。"

过去找了借口，现在就少找借口，今后就不找借口！

领导很不喜欢找借口的下属，下属千万不要养成找借口的习惯。否则，在人生道路上，成功不见面，失败总相随。

# 161 职场显规则

> **要想成为上级和群众格外重视的人**
> **就要超出领导和群众的期望去执行，哪怕一点点**

职场中有很多规则，进入职场的人，都要"按规则出牌"，按规则行事。

遵守规则是职场人最基本的行为要求，是一种层次、素质素养，也是一种美德。

职场中有潜规则和显规则之说。

不要过多地去研究潜规则。第一，潜规则见不得天，见光死！第二，谁也说不清楚潜规则，按潜规则办事为人，可能害人害己。

还是按显规则办事为人吧。

显规则，就是显现的、明摆着的、大家都看得见的规则，就是要一视同仁地遵守的规则。

显规则很多，其中，非常重要的一条就是上面讲的这"超出一点点"。

因为你超出领导和群众的预期，做得更好，执行更有力，执行效果好，大家都会看在眼里，记在心里，虽然不一定有人刻意表扬你，但是大家心里有数。

青岛海尔的董事会主席张瑞敏，称赞他的助手、总裁杨绵绵：期望二，她能做到十。

一般的员工，领导和群众希望你达到二，你能做二点一，就不错了。

# (162 你能摆平谁

当一个人摆不平世界的时候，只有摆平自己

这是一句很流行的语言。

可以从两场报告说起。

时间：2011年6月1日、6月2日。

地点：重庆长江江段，朝天门码头，一艘豪华游轮"世纪辉煌"号船上。

听众：全国300多位制药企业老总。

第一场报告：6月1日晚上7点钟。

题目：《中国宏观经济形势分析》。

主讲人：郎咸平教授。

主要观点之一：中国经济的主要问题之一是产能过剩，而且比较严重。

解决的主要办法：第一，扩大出口，扩大外需。但受国际经济形势的负面影响，订单大量减少。很难。第二，刺激消费，扩大内需。但是这也受到诸多因素制约。也很难。第三，政府宏观调控。但是，产能过剩是一个世界难题，调控的周期长，而且制约因素也不少。

郎教授讲，搞得不好，会有不少的中小企业会因产能过剩问题而倒闭。

在场的听众听了后，压力都很大。

第二场报告：6月2日上午8点半。（还是在这艘船上。）

题目：《管理创新：将智慧转化为财富》。

报告人：曾国平（就是我本人）。

主要观点：我充分肯定郎教授的观点和预测，他是世界级大专家，分析透彻到位，预测可能是准确的。但我当时向老总们赠送了一句话："当一个人摆不平世界的时候，只有摆平自己。"

一个企业、一位企业家不可能左右世界经济、中国经济，但也不是不可作为，最根本的就是把自己的企业做好。

# (163 打拼与政策

有一次，中央电视台的记者采访尹明善先生，我碰巧看了这一段访谈节目。

问：尹董事长，是什么原因让您的力帆公司做得这么好？

答：三分打拼，七分政策。

我听了，十分认同。

尹明善是我的涪陵老乡。他把力帆公司做得非常好，不是还有力帆足球队吗？他是重庆民营经济的一面旗帜。

民间、坊间、世间有这样的说法：人找钱，找小钱，累死人；钱找钱，资本找钱，找大钱，轻松得很；政策找钱，才是找巨额的钱。

党的十一届三中全会，改革开放的大政策，让多少人找了大钱。一直到今天的十八届三中全会，都是如此。"三中全会"，成了改革开放创新政策的代名词、同义语，深入人心。

所以，做企业的，一定要"与政策共舞"。

比如产能政策，国家明令禁止、限制、转型、调整的产业，你要去投资，不仅不能赚钱，亏损的可能性还很大。反之，国家倡导发展的产业，如战略性新兴产业、现代服务业、新型农业等，国家会有很多政策优惠，投资并从事这些产业，会获得很多改革开放与政策的红利。

这样，我们就不难理解尹明善先生的话了。

# (164 爱岗、敬业与奉献

> **爱岗要爱得有深度**
> **敬业要敬得有水平**
> **奉献要奉得有层次**

爱岗，热爱自己的岗位、本职工作，热爱自己所从事的工作。

努力寻找爱点：价值点、兴趣点、兴奋点、快乐点；就是不爱，也要试图努力去爱，也要做得最好；爱到深处要担当。

敬业，用一种恭敬严肃的态度对待自己的工作，专心致力于自己所从事的工作，典型的是："鞠躬尽瘁，死而后已。"

敬业，要让自己职业化起来；还要把职业升华为事业；关键在落实：敬重、敬拜、敬畏，相信自己所从事的工作是神圣的！

奉献，恭敬地交付，呈献。奉献精神是社会责任感的集中表现。

虽然社会上存在"物欲横流"的现象，但我们仍然应该提倡奉献精神。人人都献出了一点爱，这个世界就会变得更精彩。

把你的聪明才智奉献给本职工作和社会，这是每个职场人都应该尽的本分。

我们提倡无私奉献，做点分外的事、做点义工、做点慈善，这是奉献的高境界、高层次；我们也提倡取得工资、奖金等报酬后的奉献，也就是计酬后的奉献，为本职工作奉献聪明才智、才华才能，这是大多数人的常态。

但不能以报酬作为讨价还价的筹码，不能用个人的知识能力要挟组织。

重庆市质量技术监督局邀请我讲"爱岗敬业与奉献精神"，这个题目和内容都很"正统"。我就按这三句话进行了演讲，结果，他们的干部和职工听得很认真，我很感动！

# 165 成功、贡献与价值

> 别人都在问：我如何成功
> 而德鲁克却在问：你如何贡献
> 别人都在追问：我怎么做才能使自己有价值
> 而德鲁克却在问：你怎么做才能对别人有价值

美国管理学佳作《基业长青》《从优秀到卓越》的作者吉姆·柯林斯，1994 年 36 岁时，曾去看望 85 岁高龄的管理大师德鲁克，与大师交谈，追随大师。他受德鲁克的影响很大，后来他自己成了管理大师，他的这两本书也成了超级畅销书。

彼得·德鲁克，现代管理之父——我是把他排在全世界数一数二的管理大师之列的。他活了 95 岁，2005 年 11 月 11 日逝世。他生前写作出版了 39 本著作，死后还有两本书问世。85 岁到 95 岁这生命的最后 10 年，他就写作了 10 本书出版。

当吉姆·柯林斯看望大师并与大师交流后，有人问吉姆·柯林斯：您有什么收获？吉姆·柯林斯就回答了上述这段话。

大师就是大师，多么平常的语言，但却蕴含了非常深刻的道理。

有的人，总希望成功，成为成功人士，这种积极向上的精神是很好的。但是，成功必须先要贡献、奉献，贡献、奉献了，水到渠成，就成功了。而且，贡献、奉献本身就是一种成功。

有的人，总是讲要实现自我价值，还埋怨别人、领导、社会没有给自己平台、舞台、机会去实现自我价值。若只是考虑自己

的价值实现，别人的价值怎么办？要知道，其实在对别人提供价值的过程中，你就实现了自我的价值。

所以，有人说，经常和亿万富翁在一起，拉拉家常、沟通交流，久而久之，受其感染，你有可能成为百万富翁；经常和百万富翁在一起拉拉家常、沟通交流，久而久之，受其感染，你有可能成为万元户；经常与乞丐混在一起，你有可能加入丐帮——物以类聚，人以群分。

同样的，你能与大师交流，或者经常读一下大师的书，"神交大师"，你自己虽然不一定能成为大师，但至少可以提升你的素质素养，可能会浸染上大师的气息。

近朱者赤，近墨者黑。

# (166 眼界、境界与位置、价值

## 眼界决定境界，位置决定价值

　　一个人如果眼界开阔，他的境界可能更高。而眼界开阔了、境界高了，他能看得远，能全面地把握问题，使他看问题更加深谋远虑。

　　所以，我在演讲领导力、执行力时，我会讲道：今天听曾教授讲了一天，你们不可能马上把领导力、执行力就提升了，没有那么神奇。但是，或许能开阔你的眼界，使你看问题的境界有所不同。

　　人、事、物，所处的位置不同，其价值也可能不同。

　　房屋的位置不同，级差收益也不同。同样面积的闹市区的房子，可能比偏僻地方的房子要贵许多。

　　一瓶红葡萄酒，放在路边酒店可能是 150 元，但把它挪动一下位置，放到五星级酒店，它可能就变成了 510 元。

　　一个人，从一般员工提拔到经理的位置，其价值与原来当员工时也是不同的。

　　一个人，不仅仅是让别人把你放到什么位置，自己还可以把自己放到不同的位置。如何给自己定位，定位后努力程度的不同，实现价值也是不同的。

　　比如，努力学习与否，就把自己放到了不同的学历位置、能力位置、工作位置，当然，价值也就不同了。

　　比如，努力工作与否，就把自己放到了是否优秀的位置，自身的价值，对组织、对社会的价值也就不尽相同了。

# 167 真正的企业家

**真正的企业家是在保守与冒险之间寻求平衡**

企业家应该是企业里的董事长或老总，但是，企业里的董事长、老总，并不都是企业家。

什么样的董事长、老总才是企业家？有诸多条件！其中一个重要的条件是要有企业家精神。

企业家应该有诸多精神，比如，团队精神、敬业精神、亮剑精神、奉献精神、创新精神，等等。其中，最重要的是创新精神。

创新的风险很大，特别是技术创新，成功的概率可能不到30%。但是，人们还是趋之若鹜般地去创新。因为创新一旦成功，效益会很高，即所谓风险越大，利润越高，利从险中求。

从某个角度讲，创新也是一种冒险，因为创新的结果不可知、不确定。但有的险还是要去冒的。有人说，没有几个真正的企业家是没有冒险过的。

但企业家一次次去冒险，就成了冒险家。如果一直冒险，经营企业的风险过大，不能规避，没有风险防范能力，就有可能造成重大灾难。

所以，企业家有时还得要保守。

冒险与保守的度很难把握，两者平衡的度把握好了，就是真正的企业家了。

# 168 哲学家与企业家

## 哲学家不可能都成为企业家
## 但企业家一定要成为哲学家

很少有哲学家成为企业家的，因为哲学是形而上的东西，是世界观方法论的东西，是精神层面的东西；而做企业的，是形而下的东西，是物质层面的东西。哲学家与企业家、哲学与企业好像不在一个层面上，所以，很少有哲学家成为企业家的！

不过，我身边真的就有一个。我的大学同班同学，赵氏，在重庆大学就读时，是我们班的三任学习委员，第四任班长。文雅风范，儒气十足，知识面广，口才好，智商情商俱高；哲学知识很棒；人正直，为人讲义气。我们班的同学们都管他叫"老大哥"，都打心眼里喜欢他、佩服他！他在大学教书，深受学生的欢迎！他下海经商，做得风生水起，几十个亿了！

这几乎是极个别的"个案"，不易复制！

但是，企业家都应该成为哲学家。有人说了，做企业，做到最后，就是在做"哲学"。企业哲学、市场哲学、生产哲学、流通哲学、营销哲学、消费哲学、经营哲学、管理哲学，等等。其实，做人做到最后，也是在做哲学——"人生哲学"。

马克思主义哲学的核心：一是唯物，讲究实事求是；二是辩证，要求用联系的、发展的，而不是孤立的、静止的眼光看待人和事物。

大学问家林语堂说得好：一个民族，出几个哲学家并没有什么

稀奇。如果这个民族都能以哲学的眼光观察事物，那就是非常之事了。

　　比如，辩证，就是不要偏执，就是要一分为二，就是要看到正反面，就要看主流，看发展等，但是，这个社会里，偏执的人不少啊！这些人在哪里？现实生活中有，到网上去看一看，还真的不少！

# 169 关于人才

## 真正的人才是免费的，平庸的人员是昂贵的

　　某公司老总面试一位真正的人才张大伟，这是录用前的最后一关了，此前他已经经过了该公司人力资源部的多轮考核，所有笔试面试成绩都非常优秀。

　　老总亲自面试也觉得满意。

　　最后是谈判工资的环节。

　　老总问：张大伟先生，你预期的理想收入是多少？

　　张大伟回答：每月5万。

　　老总经过慎重考虑，认为张大伟的确是一个非常优秀的人才，便答应了张大伟的薪酬要求。

　　事后有人问：老总，这么高收入的人您也敢聘用？

　　老总说：张大伟是免费的！

　　众人不解。

　　老总又说：我虽然每月给他5万元薪酬，但他每月可能为公司创造50万元、150万元效益。我不就赚了吗？这就是免费的。

　　老总继续讲道：如果我录用一个平庸的人，每个月可能只要1500元的工资支出，看起来工资不高，但这个平庸的人可能每月给公司带来15万元的损失，这样的人可就是昂贵的！

# 170 人才、人心与天下

> 得人才者得天下
> 得人心者得人才
> 善激励者得人心

经常与一些企业家聊天，很有收获。

一次，与一邓姓水果批发老总在乘车时闲谈，我谈到成都武侯祠有一副清代文人赵藩的对联："能攻心，则反侧自消，从古知兵非好战；不审势，即宽严皆误，后来治蜀要深思。"据说，很多文人墨客在对联面前长看长思。

这位邓总讲道：经营企业实际上就是经营员工，而经营员工最重要的是经营人心和人性。我听了，深表赞同。

人说，得人才者得天下，这个"天下"，不仅指坐江山那个天下，更是广义的天下。

怎样才能得人才，方法很多，但很重要的是要得人心，所谓顺应民意，人心向背。

怎样才能得人心，方法也很多，但是，根本的是对人才们进行激励。

管理中有句名言：管理管理，管到高深之处是激励。

激励，就是激发鼓励。激励使人振作，振奋情绪使人奋发向上。激励，能激发动机，作用于行为，产生动力。激励，能挖掘潜能，实现超越。

人说了：约束产生秩序，但不能增加价值；只有激励才能增加价值，形成超额价值。

经济学家、金融学家弗朗西斯有这样的话语："你可以买到一个人的时间，你可以雇用一个人到固定的工作岗位，你可以买到按时或按日计算的技术操作，但你买不到热情，你买不到创造性，你买不到全身心的投入，你不得不设法争取这些。"

其实，在20世纪90年代初期，我写的一本书就引用过相似的话："有钱可以买到名贵药材，买不到身体健康；有钱可以买到书籍报刊，买不到知识智慧；有钱可以买到酒肉朋友，买不到患难知己；有钱可以买到同床共枕，买不到真正的爱情。"

领导者如何得到员工对工作的热情、创造性和全身心投入？最重要的方法就是激励。

# 171 能力的支票

能力就像一张支票
除非把它兑成现金，否则毫无价值

什么是人才，有千万个答案。其中一个重要的答案是：德、能、绩合一的人。

德为第一，它是大前提。人与人之间，品德是有差距的，但一般不好衡量，也不便把人家的什么表现直接说到"德"上面去。

能就不同了。在德的大前提下，人们很看重才能！

这是一个"能力本位"的时代，是一个能力取胜的时代。

品德之下，能力才是硬道理！

能力有多种，专业能力、综合能力，显能、潜能、未来之能，全面能力，等等。每个人都有潜在的能力，隐藏在每个人身上，还没有开发出来。潜能如果能开发出来，有可能会在将来带来一定的经济利益或带来一定的发展可能，也可能为本人带来若干好处，体现出个人的价值。

每个人身上也有很多现实的能力，人们称它为"显能"，可以看得见、体现出来。能力必须发挥出来，才有价值，否则只是"孤芳自赏"。

怎样将一个人能力的"支票兑现"呢？

第一，本人愿意把自己的能力发挥出来。有力不愿使者大有人在，出工不出力的人，也是不少的；还有的人，身有千斤力，只愿使三分。这些"支票"都没有兑现，价值也就体现不出来了。

第二，要为有能力者提供一个让其发挥能力和作用的平台，搭建一个有能力之人施展才能的舞台，给他一个兑现能力支票的机会。人才多的是，平台却少有，舞台也不多，机会却更缺，人家怎能兑现？

第三，形成能力支票兑现的考核机制，形成激励能力支票兑现的环境氛围，让人才们的能力支票最大限度地兑现其价值！

# (172 做事与正确

一位卓越的领导者，让部下做的事，一开始就必须是正确的。否则，部下执行力再强，再勤奋努力，得到的结果却一定是错误的、社会不需要的。

比如，某企业家下令让员工生产毒胶囊，员工便忠实地执行，拼命地生产毒胶囊，结果，员工的执行力越强就越糟糕，因为他们一开始做的事就是错误的。

所以，领导的决策必须正确，这是部下做事的前提。

当年，毛泽东指挥红军三次反围剿，决策正确，红军英勇，取得大胜利。第四次，左倾路线排斥了毛泽东，但所幸是周恩来、朱德在指挥，他们仍然按照毛泽东的军事思想指挥红军作战，结果也打了胜仗。第五次，毛泽东、周恩来、朱德都被排斥了，用了外国人来指挥，决策错误，虽然红军更为顽强地作战，但还是失败了，损失很惨重，被迫长征。

如果领导的决策是正确的，最终还要靠部下去执行，这就要求领导在决策正确的大前提下，要培训部下、辅导部下、教练部下把已经是正确的事做正确。

"做正确的事"就像是船上的帆，"正确地做事"相当于船上的桨，船帆可以左右船前进的方向，而最终到达预定目标，则离不开提供动力的船桨。

领导科学中，不赞成领导者事必躬亲、亲历亲为，但是，在教部下正确地做事方面，领导有必要亲历亲为，要手把手地教部下。做领导的去辅导部下工作，一方面说明你的能力的确比他强；另一方面部下的能力提高自然会推动你的能力提升。所以水涨船高就是很自然的事情，也更有利于企业的发展。

# 173 对员工的管理

## 没有管不好的员工，只有无能的管理者

许多管理者都觉得员工不好管，特别是刚刚担忧了对"80后"员工的管理，现在又要担忧对"90后"员工的管理了。

不仅是对年轻员工管理的忧虑，就是对一些老员工，也觉得不好管——他们有资历、有能力、有经验，上也上不去了，暂时又不能退休，有的老员工还是"老油条"。

现在的新员工，学历越来越高，能力越来越强，知识面越来越广，维权意识越来越强，好像确实不好管了。

其实，员工的不好管理，主要责任不在员工身上，而在于管理者自身。

关键是把员工当作什么来管，用什么思想在指导你的管，你都用了些什么方法在管，有没有进行管理的创新？有没有管理的艺术？

比如，员工的能力不强，甚至很差，你怎么管理？

第一，不要埋怨员工，应该多从管理者自身找原因。管理箴言：员工能力的70%来自上司。为什么？

第二，要找原因。管理者自己问一下自己：我发过几本书给员工读了吗？我送员工培训过几次？我请老师进来培训过几次？我亲自给员工做过培训吗？我手把手教过员工吗？我尊重员工了吗？我让员工在本企业体面吗？有人格吗？我与员工沟通得怎样？我对员工约束得怎样？我对员工激励得怎样？如果这些都做了，都做好了，员工的能力就可能逐渐提升。

第三，特别要通过培训来提升员工的素质、素养与能力，让员工形成自觉自愿、自动自发的素养，进行自我管理。这样一来，员工就好管了。

# 174 注重一线员工

## 最知道怎么办的人，往往是一线员工

在演讲中讲过一个虚拟的故事：

某老总要去签一个大项目的合同，迟到了很不好，合同可能会泡汤。

老总乘车而去。半路上，司机与老总有一番这样的对话：

司机："老总，车坏了，您看怎么办？"

老总："修不修得好？"

司机："修得好。"

老总："要多长时间？"

司机："5 分钟。"

老总一看，时间还来得及，说了："那赶快修！"

车修好了，开了一会儿，司机说又坏了，要修 4 分钟；修好了，开了一会儿，司机说又坏了，要修 3 分钟……

于是，等老总赶到签约的现场时，很可能就迟到了。

其实，车子很可能并没有坏，但老总并不知道，只有司机才知道。因为司机心里有不满，他可能在装怪呢！

这种情况只是一个极端，并不多见。但是，一线员工、一线管理者，他们身处一线，最了解情况，所以，作为上级领导，要尊重他们，要充分听取他们的意见，要充分调动他们的积极性、主动性和创造性。

# 175 尊重知情权

每个人都有知情权，任何人都不希望自己被蒙在鼓里。

在管理制度中，有一种"透明度管理"，还有一种叫"参与式管理"。

管理活动中，能够公开的信息就尽量公开，特别是涉及员工切身利益的事，还有一些是组织里的重大事项。

公开了，谣言自然就不攻自破了；

公开了，也能接受广大员工的监督；

公开了，表明管理者襟怀坦荡；

公开了，也可以听到员工的一些好的建议。

所以，有的组织制定了重大事项的"公示制度"，有的则是公开征求意见。有的工厂、公司、学院则实行了厂务、司务、院务公开，效果良好。

而有的组织则运用了"参与式管理"。重大事项的决策，让一线员工参与论证，这既是尊重他们的知情权，又是"民主管理"的更进一步。这既尊重员工、听取意见、决策科学，而且还有更大的好处：员工参与了，知情了，心里也舒服了，他们会自觉执行组织的决策，还会说服别的人积极执行。

如果员工们不知情、不参与，而只是领导们作出的决策，员工们会怎么说："看他几个人搞个什么名堂！""他几个人"——决策就与己无关；如果知情了、参与了，员工可能会说："看我们怎么弄！"于是决策就变成了我们自己的事了，就会尽心去执行。

# (176 给予报偿

每个人做事，只要做好了，都希望得到报偿。包括自己的儿女，也是如此。

这个报偿，可能是物质的，可能是精神的，可能是奖状，可能是表扬的话语，也有可能是竖一根大拇指，还有可能是对别人的鼓掌，这就是我们常说的激励。

激励分为正激励和负激励。

有道是，小孩是在激励中长大的，也就是多用正激励；小孩不是在指责中长大的，也就是少用负激励。

不仅是小孩，对每位成年人也是如此。领导对于部下而言，是"父母官"，下属就像我们的孩子一样，也要多用正激励。

有人调侃：选择谁当领导，不仅仅是选择德才兼备、综合素养与能力，还要看他的大拇指和食指。大拇指粗的人，越是粗得像水桶一样，越适合当官、当大官，因为他经常用大拇指表扬人；而食指像牙签一样细的人也适合当官、当大官，因为他很少用食指去指责人。所谓"用进废退"是也！

这只是一个笑话！但报偿驱动行为，那却是真的！

# 177 看《武林外传》有感

## 止戈方为武，砍柴不用刀

我是《武林外传》电视剧的一个痴迷者，80多集，虽然没有看完过，但是，电视上一旦播出，马上看之，且不论看过没有。

《武林外传》有三个捕头，两男一女。其中，两个男的是邢捕头与燕捕头，他俩武功极差，谁都打不过，且没有自信心。于是他们各自配了一把刀，动不动就把刀拔出来晃："照顾好我的七舅姥爷。"

相比之下，那些武林高手一般都不佩刀，他们深藏不露；就算是佩了刀，也不会动不动就拔刀，"刀不出鞘就倒下一大片"。

在管理活动中，当管理者和被管理者都比较"差劲"时，管理者往往就要大大地挥刀了：扣工资、扣奖金、停薪、下岗、走人。

怎样在管理活动中"止戈方为武，砍柴不用刀"呢？

建议重点应该放在提升管理者和被管理者的素质、素养和能力上。

员工的素质、素养、能力通过培训、培养、培育提高了，就会产生自动自发、自觉自愿的行为，就会产生"无须提醒的自觉"，从而达到"无为而治"的管理的最高境界。

# 178 高深的管理

## 管理管理，管到高深之处是激励

大家形成了共识：现代管理要以人为中心。

怎样对人进行管理，方法千万个，道路千万条，其中最重要的莫过于约束与激励。

约束主要是针对人性的"恶"，要将"恶"消除，或者大大降低。

最主要的约束方式是制度。但是，约束本身不能根本性地调动人的积极性、主动性、创造性。所以，对人的管理的重点要放在激励上。

激励能将人性的"善"最大限度地激发出来。

共识：对人的管理，管到高深之处，就在于激励！

我曾读到一个段子，觉得与激励有些相关：

某大餐馆老总姓刘，餐馆的招牌菜是烤鸭，特别是鸭腿烤得很好。烤鸭师傅姓王，他十多年来都在这家餐馆烤鸭，远近闻名。走到街上，食客们、当地群众都称赞他的烤鸭手艺，对他竖大拇指、鼓掌。但是，餐馆的刘总好像从来没有对王师傅的烤鸭绝活提出过表扬。

一天，刘总招待贵宾，贵宾点了烤鸭。刘总让王师傅拿出绝活，烤三只全鸭招待贵宾。一会儿工夫，王师傅烤的三只鸭子上桌了。

一贵宾感到奇怪，问刘总："三只全鸭，怎么每只鸭都只有一条腿？"刘总也不解，叫来王师傅解释。王师傅说了，当地的鸭子就这品种，它只长一条腿。刘总和贵宾都不相信。王师傅就带大家到餐馆外边

287

去看活鸭子。

　　在太阳底下的树荫下，一群鸭子在乘凉，果然都只有一条腿。

　　刘总知道这是怎么一回事，合掌拍手，口里大叫"呵嘘""呵嘘"。众鸭子吓得跑了起来，一条腿变成两条腿了。

　　刘总问王师傅："你还有什么话说？"

　　王师傅笑着说："刘总，你在给鸭子们鼓掌，所以，鸭子就从一条腿变成两条腿了。我在这里烤鸭十多年了，刘总你可没有鼓过掌啊，所以，烤鸭只有一条腿！"

# (179 无味与不管

## 无味也是味，不管胜似管

2004 年，我应邀到山东省某地作为期 3 天的关于"管理创新"的演讲。

第一天演讲后，主办方请我在一个较为豪华的大餐馆用餐。主人让我点菜，因为痛风严重，我就点了一个"白水煮萝卜"，其他的菜让主人们点。

待到白水煮萝卜送上来，我一吃，觉得不地道——放了葱、姜、油、盐、蒜，问及服务员，她连声道歉。我说道：只要客人没有违背法律和道德，应该尽量满足客人的要求。

第二天，又到那家餐馆用餐，我又点了白水煮萝卜。这次我点的白水煮萝卜做得很地道，就是白水和萝卜。我表扬了服务员。

这时饭店老总来了，对我说，昨天您点白水煮萝卜，员工就反映到我这儿来了，这是我们开饭店 8 年以来第一次有人点白水煮萝卜的菜，我们讨论后认为白水煮萝卜没有味道，就主动给您放了葱、姜、油、盐、蒜，因为我们平时是这样教育员工的——"当客人没有想到的，要为客人想到；当客人想到了的，要为客人做到；当为客人做到了的，要为客人做好。"结果您批评了我们。今天您又来点白水煮萝卜，我们又讨论了，在客人没有违背法律和道德时，要尽量满足客人的要求；而且，我们也想通了一个道理，白水煮萝卜虽然没有味道，但是，"无味也是味"。

我听了这位老总的话，对他好生佩服，他说的这话是很有禅意的！

我问老总，这么大的饭馆，您怎么管得过来。他说，平时也不怎么管，反正规章制度定好了的，大家按章办事。只有重大问题和没有遇到过的事，才亲自管一下。这不，您点白水煮萝卜了，从来没有遇到过，所以我亲自过问了。

听后，我对老总说了一句："老总，你这叫不管胜似管。"

老总听后，说："教授，这是一副对联：无味也是味，不管胜似管。"

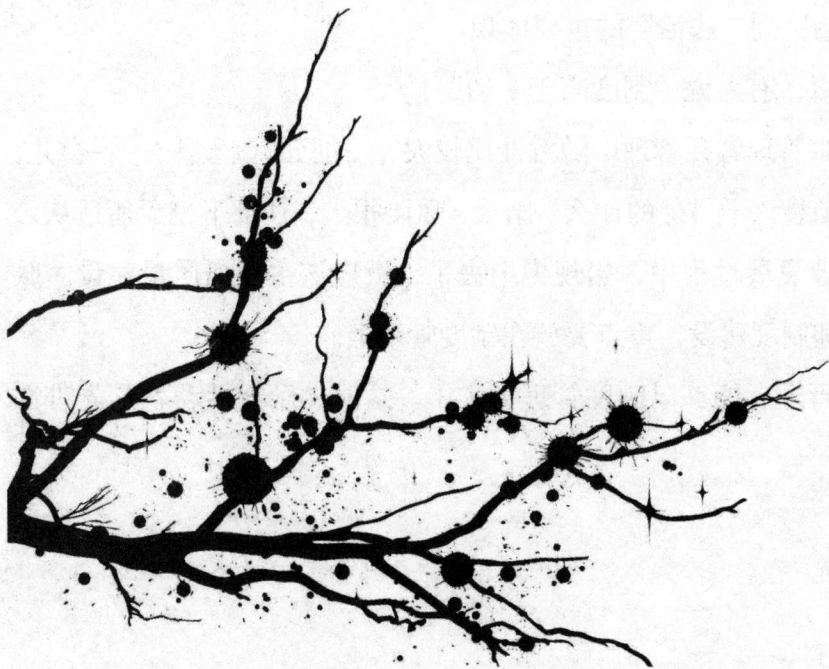

# 180 管理制度的重要

## 制度前进一小步，管理前进一大步

在我的书和演讲中，我多次引用过张振学先生这句话。

管理活动中，制度管理特别重要。它是一种科学管理，是一种约束管理，是一种文明管理，是一种可能的创新管理，是一种预防管理，是一种规范管理，是一种公平管理——制度面前人人平等，是一种理性管理——先说断，后不乱。

制度管理，在很大程度上体现了管理的水平和层次，也是管理从"人治"到"法治"的重要体现。

所以，有人说"制度高于一切"！

不少管理者在管理中随意性比较大，一拍脑袋该干什么；一会儿，又一拍脑袋该干另外的什么。结果，风险很大，让部下也无所适从。

企业发展过程中，当规模上去了，就应该主要抓质量建设、队伍建设和制度建设，重点要放在制度管理上。

当管理者能够以制度管理为主了，这时，管理活动就是先进性的了。

# (181 素养能力的来源

见到一些管理者批评部下，甚至骂部下：你太笨了！怎么教你都教不过来。而有的人骂得更出格：你简直是一头笨猪！

有的家长也是这样骂自己的孩子！

我对一些管理者和家长谈到这个问题时，曾经对他们讲过，千万不要骂部下和孩子"笨""笨猪"。

第一，你骂他笨，久而久之，在他的潜意识里就认为自己的确很笨，该做好的也不可能做好了。

第二，他可能破罐子破摔：反正我就是笨，又怎样？

第三，他可能反问：我很笨，我怎么笨起来的？孩子会说：是谁把我生养成这样笨的人？员工可能会说：是你领导让我笨的。领导发过几本书给员工读了吗？送他去培训过吗？亲手教过他了吗？如果没有，有也很少，员工当然就"笨"了。哦，有的管理者发了不少钱给员工打麻将、斗地主，去吃喝、去旅游，但却舍不得花钱培训和给员工买点书读一读。

有的员工还会调侃：老总，我的确是猪，您是我的头，您是……

换个角度，对于员工自己而言，不能因为自己的素养和能力差就责怪组织和上司，自己也要扪心自问：我自己主动要求培训了吗？我自己买过几本书学习了吗？我在岗位上向先进的优秀人士学习了多少？如果这些都没有，自己当然就"笨"了。

# 182 领导与部下的成功

## 看一个领导是否成功，主要看他的部下是否成功

领导者的成功，一般来说是看他个人的品格、能力和业绩，看他个人的领导力。

但是，现代领导学认为，一个领导者，你再有本事，你的能力再强，可以干三个人的活，就会累坏的；干了五个人的活，可能会被累死。

领导者真正的成功与优秀，是要想办法让下属成功与优秀，让下属心甘情愿地去干两个人、三个人的活，并把活干好。

怎样才能让部下成功与优秀呢？

领导者自己首先要成功与优秀起来，提高自己的素质、素养与能力。

领导者还要起好榜样的作用，所谓榜样的力量是无穷的。要下属做到的，自己一定要带头做到；要下属不做的，自己绝对不能做。

领导者还要着力提升下属的素质、素养与能力，对下属进行培训、培养和培育（我在演讲中提到的"新三培"）。

当年，美国 GE 公司的首席执行官杰克·韦尔奇，他坚持每个月给中层管理者亲自上一次课，并要求中层管理者每个月给员工上一次课。这样做有许多好处，比如，强迫管理者自身努力学习，让自己成功与优秀起来，更有领导力；可以整合下属的价值观，从而更好地融入组织的主流价值观；能够提升下属的素质、素养与能力。

# 183 企业生存发展的命门

> **活命之门——经营**
> **长寿之门——管理**
> **灵魂之门——文化**

企业，第一位是要生存，活下来才叫过日子。但是，世界上的百年老店并不多，现在，企业的平均寿命也只有 1~3 年。

企业怎样才能生存下来，可持续地活下去?

非常重要的一点就是经营，围绕市场决策，把订单拿到手。只要有了订单，企业就有了生产流通的可能，就有了活下来的希望。所以，企业必须把经营做好。

每个企业都一样，生存下来后还要发展，要活得好，活得滋润。比如，订单拿了不少，但是，不能按时、按量、按质交货，这样的订单等于没有。该怎么办? 强化内部管理——生产管理、营销管理、质量管理、目标管理、时间管理、人力资源管理、积分管理、制度管理、精细化管理、信息化管理，等等，这样，企业就可能向百年老店的方向发展了。

企业，还要可持续发展。纵观那些百年老店，一定有它的文化因子在起作用。如同一个人，寿命再长，但可能是"植物人"，没有灵魂，如同"行尸走肉"般的活着，这样的生命也是没有任何意义的。而文化、企业文化，恰恰是企业的灵魂所在。那些百年老店都有自己先进的、独特的企业文化，用先进文化指导企业良性发展。

三道命门，缺一不可!

三道命门，不仅仅是对企业生产发展有意义，它还有普世的价值和意义!

# 184 多元化是双刃剑

有的企业发展得很好，是因为企业领头人引领企业走了多元化经营的道路，主业加辅业，多元化。

但也有相反的，多元化经营，企业反而倒闭了。

同样是多元化经营，结果却完全相反。问题出在哪里？其实，多元化本身没有错，要害在于有的企业适合搞多元化，于是搞多元经营就成功了；而有的企业从自身的内部条件、外部环境等方面看，其实不适合搞多元经营，勉强为之，当然就要失败。

多年前，贵州有一家白酒企业，做得很不错，效果很好，厂长也获得了全国性的一个大奖。这时，有人建议他搞多元化经营。厂长贷款不少，搞了不切实际的项目。结果，酒厂垮掉，厂长的后果也极不好。

当然，搞多元化经营成功了的案例也很多，比如，重庆许多生产摩托车的企业，有的搞起了汽车，做得不错；许多进入房地产行业，也做得风生水起的。

我国西部地区还有一家出版社，出版了许多精品书，在国内出版界也很有名气。近年来，他们也进入了房地产行业，并谓之"辅业养主业"。现在，他们的主业并没有受到影响，辅业也做得很好。

同样是一个很先进的经营管理方式，但不一定适合每一个企业。什么才是最好的？适宜的才是最好的。

# 185 垃圾与财富，蠢材与天才

世上本无垃圾，全是放错了地方的财富
世上本无蠢材，全是放错了岗位的天才

在作关于"如何用人和卓越领导力"的演讲时，我曾多次讲到这两句话。

在循环经济的时代里，废物的利用，变废为宝，已经是常态。人们常说，好的泥水匠眼里，没有用不了的砖头。

同样的道理，在优秀的领导眼里，应该是没有"蠢材"一词的。

第一，如果他真是蠢材，你为什么要招聘他到你的组织里来呢？

第二，他如果真是蠢材，你招聘他到了你的组织里，经过一段时间后，你也应该把他变成人才，甚至是天才了。

第三，他可能在某些方面是蠢材，甚至在许多方面可能都是蠢材，但总有一个方面有长处、有优点，尺有所短，寸有所长，就是这个道理。

第四，如果领导者认为他的确在某些方面是蠢材，我们当领导的，能不能重新思考一下、重新试一试，不妨把他换一下工作环境，换一个工作岗位，与不同的人合作搭档，可能有的岗位和环境还真适合这个"蠢材"，从而使他变成了人才、天才。

第五，卓越的领导者，不仅仅要用人所长，越用越长，还要有用人所短的艺术，学会将短变长，将蠢材变为天才。

# (186 团队里的成功者与失败者

## 成功的团队中没有失败者
## 失败的团队中没有成功者

一支优秀的、成功的团队，是团队成员共同努力打造、营造、锻造的结果。这个团队成功了、优秀了，团队里面的每一个成员都成功了、优秀了，他们共同享受着成功、优秀的成果，世人也都认为这个优秀团队的每一员都是成功的！

反过来讲，一个团队失败了，尽管这个团队里面可能有的人很努力，个人很有能力，但是，因为整个团队都失败了，严格说来，这个团队里面的每一个人实际上都没有获得成功。

比如乒乓球团体比赛，五战三胜，输了两局，赢了三局，艰难地获得了团体冠军，于是，这个乒乓球队每个成员都是冠军，都成功了；反之，输了三局的团队，没有得到团体冠军，尽管有两局是赢了的，但整个团队是输了的，相当于每一个团队成员也是输了的。

更为典型的例子：希特勒的法西斯军队，被世界反法西斯联盟打败了，是一个失败的团队。虽然不可否认，这支军队里面有很多能人，有的打仗很行，有的参谋很行，有的射击很准，有的后勤工作做得好，但是，这又有什么用呢？因为法西斯军队整个失败了，里面的这些个能人，严格说来没有一个是成功的！

所以，在一个团队里，如何把自己的团队建设好，发挥好优秀的团队精神，是每个团队成员义不容辞的责任。

# 187 父母与镜子

> **父母是一面镜子，照出了孩子的样子**
> **孩子是一面镜子，照出了父母的样子**

不完全赞成"龙生龙、凤生凤，老鼠生儿打地洞"的观点。

父母的遗传基因在孩子身上的确会有一些体现；但是，孩子的种种表现，主要还是后天形成的，而父母的教育对孩子的成长、成人、成才影响很大。

父母是孩子的第一任老师，也是孩子终生的老师。

父母不可能改变孩子的一切，但是，父母的一切都可能影响孩子。

我多次在演讲中讲到，父母当着孩子的面千万不要赌博性地打麻将、斗地主，它对孩子潜移默化的负面影响是很大的；父母在孩子面前爱学习，在工作中爱岗敬业、有奉献精神，常参与一些义工、慈善活动，孩子也会不知不觉地学到；父母对待别人善良，乐于助人，有爱心，孩子也会学到许多，并会在言行中表现出来。

父母以什么样的形象出现在孩子面前，父母给孩子是正能量还是负能量，对孩子的影响都是很大的、长期的、深远的。

所谓"随风潜入夜，润物细无声"，就是这样的道理。

# 188 父母与来处、归途

北京大学美女博士王帆，作了一个题为《做一个怎样的子女》的演讲，打动了千万人。其中有一句话尤其令人感动，流传甚广：你养我长大，我陪你变老。孝心、孝顺、孝敬、孝道，是中华民族优秀传统文化中的重点，也是每一个做儿女的应尽之责。

孝，不能等待。只要一等待，稍不留神，你尽孝的可能性就没有了。

我认识的某报社主任的母亲去世后，他写了一篇祭文，着实感人。其中有一段是这样的："妈妈生我时，剪断的是我血肉的脐带，这是我生命的悲壮；妈妈升天时，剪断的是我情感的脐带，这是我生命的悲哀。""妈妈在时，'上有老'是一种表面的负担；妈妈没了，'亲不待'是一种本质的孤单。""妈妈在时，不觉得'儿子'是一种称号和荣耀；妈妈没了，才知道这辈子'儿子'已经做完了，下辈子做儿子的福分，还不知道有没有资格再轮到。""妈妈走了，我的世界变了；世界变了，我的内心也变了；我变成了没妈的孩子，变得不如扎根大地的一棵小草。母爱如天，我的天塌下来了；母爱如海，我的海快要枯竭了。""母爱万滴血，生全一条命。"

我的夫人曾经是一家国企的财务总监，2016年临卸任前写了一本书：《漫悟人生》。该书的主题词是："不能学富五车，但求人生一悟。"书中有一段是这样写的:"我的亲生父母都已经故去了,我的公爹也故去了,家里只剩下我婆母这一个老人供我尊重孝敬了。现在,我只有这一个机会可以喊'妈妈'了,而且会喊一次少一次,不可能永远让我把'妈妈'喊下去,我有什么理由不珍惜?我要感谢婆母,能给我一个喊'妈妈'的机会和可能。更何况,我自己也有儿媳了,我对我的婆母好,也是给儿子、儿媳做个榜样,子子孙孙把孝敬、孝顺传下去才好呢。"

趁父母在,趁爷爷奶奶、姥姥姥爷在,多对他(她)们好一点,多尽一些孝,不要在"孝"字上留下什么遗憾。

# 189 夫妻如筷子

> **夫妻俩过日子要像一双筷子：**
> **一是谁也离不开谁**
> **二是什么酸甜苦辣都能在一起尝**

经营好家庭，最重要是经营好夫妻关系；教育好孩子，最重要的是夫妻双方给孩子做出榜样——言传不如身教，身教更要父母好！

夫妻双方既然走到一起了，能在一起过日子的，就尽量在一起过！

夫妻双方是什么？古今中外有很多的形容、很多的比喻。

夫妻本是同林鸟，一起飞来一起叫，大限来时各自飞，谁也对谁管不了。

夫妻有如一双手，左手摸右手，右手摸左手，摸来摸去没感觉，就是一双手。

夫妻好似一杆秤，秤砣离不开秤杆，秤杆也离不开秤砣；婆离不开公，公也离不开婆。

夫妻有如车之两轮、鸟之双翼、人之双腿、连理枝、鸳鸯鸟……

夫妻有如一双筷，过日子最是需要。谈情说爱时可以花儿鸟儿，可以把爱当饭吃（谈他个三天三夜也不觉得饿），多虚幻、多浪漫、多美好、多憧憬。但是，结婚了，有家了，要过日子了，有孩子要养了，有父母要供了，有房租水电要交了，柴米油盐、收入支出，一切都很具体了。

具体的过日子，夫妻要共同担当，支撑起家庭这片天！

共同担当，夫妻双方谁也离不了谁！独木不成林，一根筷子也吃不了饭！

而且，筷子会比人先尝美味佳肴，也先于人尝尽酸甜苦辣。

一双筷子，离了另一根，价值大大贬低，对于吃饭来讲，几乎完全没有作用，像被废了"武功"！夫妻双方离开了另一方，虽然双方都可以再组成新家庭，无论是非对错，但毕竟又是一对夫妻，又是一双筷子。可以"独立寒秋至终身"，但也"有所遗憾过一世"！至少也得用筷子呀，而且是一双。道理是一样的！

301

# 190 追疼与宠懂

## 万人追不如一人疼，万人宠不如一人懂

微信上分享有一个2016年中国人过西方情人节的段子，幽默有趣。两位著名的相声演员有这样一番对话：

于问郭：老婆对我专横霸道，情人却对我温柔体贴，咋办？

郭答于：不要相信在野党，谁上台都一个样。

据说理想中的爱情是这个样子：小桥流水人家，晚饭有鱼有虾。空调 wi-fi 西瓜，你丑，没事，我瞎。

有人则在微信中把夫妻比作左右手，我觉得很精彩，特摘录如下：

"丈夫是左手，妻子是右手，左手摸右手，总是没感觉。当有一天，左手流血了，右手一定去帮着止血。当有一天，左手痒痒了，右手一定去给它挠挠痒。当有一天，左手提东西累了，右手一定会帮你分担。所以，不要去嫌弃你的右手，更不能嫌弃你的左手。因为左手拍右手，才能献出精彩的人生。执子之手，与子偕老，相濡以沫，平平淡淡才是真！爱在有生之年，爱在当下。"

"一生中有一个爱你、疼你、牵挂你的人，这就是幸福。万人追不如一人疼，万人宠不如一人懂。世界上不是所有的人都可以掏心掏肺诉衷肠，路过的都是景，擦肩的都是客。想你所想，爱你所爱，珍惜，珍惜！"

我特别欣赏："万人追不如一人疼，万人宠不如一人懂。"其味虽淡，韵味无穷；其味甚甘，终身受用！

有人说："如果婚姻是爱情的坟墓，那么，相亲是为坟墓看风水，表白是自掘坟墓，结婚是双双殉情，移情别恋是迁坟，第三者是盗墓"。虽不完全赞成，但它的确很有意味。

# (191 兄妹与水土

## 愿兄为水妹为土，和来捏做一个人

2016 年 2 月 14 日，不少人过起了"情人节"。

情人节又叫圣瓦伦丁节或圣华伦泰节，在每年的 2 月 14 日，是西方的传统节日之一。这是一个关于爱、浪漫以及鲜花、巧克力、贺卡的节日。男女在这一天互送礼物以表达爱意或友好。情人节的晚餐约会通常代表了情侣关系的发展关键。情人节现已成为欧美各国青年人喜爱的节日，其他国家也已开始流行。而在中国，传统节日之一的七夕节也是姑娘们重视的日子，因此被称为中国的情人节。由于能表达人类共同的情怀，各国各地纷纷发掘出了自身的"情人节"。

这一天我一直在家里写作，没有外出一步。第一，没有情人。第二，无须情人。但是，这个情人节在微信上倒是很热，无论男女、有没有情人都先要热情地问候你一番："祝你情人节快乐！"是热情？是调侃？于是，我在微信上也即兴回应了四句："西方情人节，我之亲人节。虽然都是节，我过更特别。"

关于写情、情人方面的诗句很多，我很喜欢清朝佚名人士作的《粤风·粤歌·离一身》中的这两句。它表达的是愿情哥是水、情妹是土，和在一起，水掺入土，土搅入水，二者互相渗透、难解难分，再捏成一个人，你中有我，我中有你。它表达了情妹与情哥息息相通、心心相印的爱恋之情，也是密不可分、紧密结合的心愿。

　　元代女诗人管道升的《我侬词》也曾经作过这样的比喻："你侬我侬，忒煞情多；情多处，热如火。把一块泥，捏一个你，塑一个我。将咱两个一起打破，用水调和；再捏一个你，塑一个我。我泥中有你，你泥中有我。我与你生同一个衾，死同一个椁。"

　　《我侬词》表达了她与丈夫赵孟頫不可分离的爱情。这种比喻的方式是朴实的，而表现的情意则是浓烈的。

　　深度发掘一下中国传统文化中关于情人的故事，对我们中国的情人节也是好事！

# 192 爱与伤害

## 无所不包的爱，恰恰是伤害

一个人，应该有爱心，爱心是情商素养；如何爱，爱得有艺术，是智商素养。智商情商手拉手。

对孩子的爱，对丈夫、对妻子的爱，都要留有空间，特别是对孩子的爱。

有的父母对孩子过分、过度的爱，什么都给孩子，什么都依着孩子，要什么就给什么，结果，孩子可能变得很自我、自私，会产生什么都是"给我""让我""归我"的现象：认为给他这一切都是应该的，感谢心、感恩心意识比较差，孩子往往还不领情，还埋怨多多。

怎么造成这类现象的？

主要的还是父母对孩子在情商教育方面的缺失，在于父母对孩子爱的方法不对，形成了无所不包的爱，没有领悟爱孩子的艺术。

夫妻之间的爱也是如此。

有一个故事：

年轻的夫妻俩去办离婚，工作人员先是调解并询问离婚的原因：吵架了吗？打架了吗？有外遇了吗？伤害对方了吗？双方都说没有！

只见妻子一个劲儿地哭诉：你太没有良心了，我对你哪一点不

305

好？家务事要你做过吗？孩子要你接送过吗？你辅导过孩子的作业了吗？

　　工作人员问丈夫：你的妻子说的是不是事实？

　　丈夫答道：都是事实。

　　工作人员又问：你的妻子是不是很爱你？

　　丈夫又答：是很爱我！

　　工作人员不解：那你为什么还要与她离婚？

　　丈夫低头不语，过了一会儿冒出了一句话：她就是对我太好了，有时我真想与她吵上一吵。

　　丈夫应该珍惜妻子的爱，妻子也要反思如何对丈夫进行适度的爱。

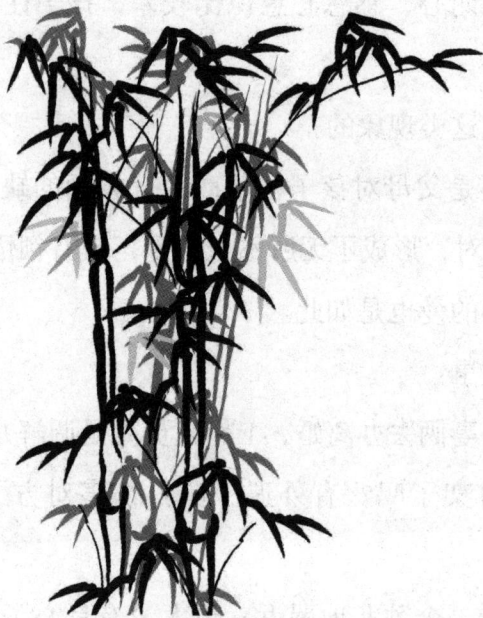

# （193 经营家庭与事业

家，是以婚姻和血缘为纽带的基本社会单位，也包括收养关系。

社会流行语言：有家的感觉真好！

每年春节到时，人们千里万里要赶回家，就是要去过那个年三十。为什么？全是因为这个"家"！

家为什么有那么大的吸引力？

歌手云飞唱了一首很好听的歌，歌名叫《草原的月亮》。其中有一句歌词太好了："有家的地方才是天堂。"

家，给人以归属感，给人以安全感，给人以幸福感！

一个人，你的事业再成功，官做得再大，钱挣得再多，再怎么风光光鲜，如果家里出了状况，也是很难受的！

家庭稳，社会安；家庭天翻地覆，社会地动山摇。

所以，千百年来，人们都要"成家立业"，修身、齐家、治国、平天下。

家庭的每个成员都有责任和义务，都要有担当，都有责任处理好家庭关系，都有责任齐家、治家、把家庭经营好。

不要把家庭与事业对立起来。

要像经营事业一样来经营家庭，特别是经营好夫妻双方的爱情。爱，是可能老化、折旧的，不经常浇水、施肥，爱情之花也会枯萎。双方要特别注意不要施"冷暴力"，夫妻恩爱，过好日子。

也要像经营家庭一样来经营事业。有一定事业心的丈夫、妻子，可能更被对方所爱，家人也要对对方的工作适当了解、理解、支持、关心。

# 194 保险的必备

## 保险不是唯一的，但却是每个家庭和每个人必备的

我曾在作宏观经济形势报告时谈到拉动经济的几种主要办法：第一，深化改革，特别是供给侧的改革；坚持开放，特别是一带一路的建设；第二，结构调整，转型升级；第三，新动力、新引擎；第四，大力发展中小微企业，大众创业、万众创新；第五，大力度减免税收，给企业松绑，让企业渡过难关；第六，去杠杆化、去产能、去库存。另外，还应该大力发展保险业。

发达国家之所以经济发达，他们的保险业发达，这是一个重要的原因。

为什么中国人特别偏好存钱？主要是担心未来的各种风险，再加上本来就没有什么投资渠道，从而导致消费的意愿不高。

欧美的人存款并不多、消费超前，一是理念问题，二是社会保障和商业保险较为发达。据说美国人均有 6~7 份保单，而我国人均只有 0.6 份保单。

我国政府在大力发展社会保障的同时，也在大力发展商业保险。2014 年出台了"新国十条"发展商业保险，同时保险还进入了中小学课本："保险伴我一生。"

一个家庭，在已有财富和资产中，如何进行分配、比例如何？这是一个难题。即便没有固定比例，但也要合理分配：

第一，存款是必须的，而且量不少，这是中国特色；第二，房产适度，一般不超过 3 套；第三，股市谨慎，一般用不超过 1/3 的资金配备进股市；第四，债券看好，特别是一些新品种债券；第五，外汇、金银、原油、矿产、古董、名字画等谨慎对待，专业性太强；第六，保险必备。

专家建议：存款和保险是每个家庭必须具备的财富配置方式，而且应该有一个合适的比例，其他方式的财富配置，则视个人财力和能力情况而定。

# (195 保险与风险

## 用保险的确定性去对付风险的不确定性

什么是风险？风险就是不确定、不可知！

人，即风险！人的一生与风险危机相伴相随，甚至终身！

人的生老病死、婚姻、教育、育子、工作、出门、在家，都有风险。

中国已经进入老龄化社会，老年人的养老问题是人生很大的一个风险。在一篇外国人写的文章中，描述过这样的内容：一位父亲含辛茹苦养活了八个儿子，并让他们都长大成人了。但是，八个儿子却养不活一位父亲。是八个儿子没有钱、没有能力吗？显然不是，那是什么原因？人们都应该想象得到！

人们手中的财富积累后有风险，比如税收、传承等风险。

特别是人的健康风险，人们发现，病变越来越多！

另外，更多的是一些意外风险。所谓天有不测风云，人有旦夕祸福。风险都不可知、不确定，一旦发生，往往会造成很大的损失！

风险危机在很多情况下又是不可避免地发生，怎么办？

第一，要有风险意识，居安思危。最大的风险是不知道有风险，知道有风险又不知道防范，知道防范又不知道如何防范。

第二，在"预"字上下功夫。预见、预测、预料，预防、预备、预案，要早作准备。如同人们喝水，不要等到口渴了才喝水，当你感到口渴了才喝水，已经晚了，平时不口渴就要经常喝水。同理，不要等到风险危机已经降临到你的头上才后悔，早知今日，何必当初啊！

第三，巧用保险功能防范风险。不仅仅是高智商的人利用保险防范风险危机，就是一般人士也可以"用确定性对付不确定性"。保险是确定性的，诸多的风险是不确定性的，要用保险的确定性规避和防范不确定性风险。

发达国家的人们几百年都是这么走过来的。

# 196 育子也是事业

## 任何人，事业再成功，也弥补不了对孩子教育的失败

一个社会共识："教育孩子是一种事业。"

什么是事业？

对社会、别人有利的好事。

今天干了明天发自内心还想接着再干的事。

共产主义就是大事业，更多的人是把本职工作当成事业。但是，不应该把本职工作的事业与教育孩子这个事业对立起来。

第一，教育孩子本身就是事业。还有比教育孩子的事业更重要的吗？

有的人进入了一个误区："我很忙，没有功夫教育孩子。"

忙什么？为什么忙？怎样忙？

有不少人是"忙盲茫！"

忙工作、忙生意、忙事业、忙麻将、忙应酬，殊不知，一个"忙"字，就误了许多孩子。

不能将教育孩子与自己的工作事业对立起来。

第二，孩子教育得好不好，影响事业。

孩子教育好了，对方方面面都有好处。当然，对家长的工作事业也是有利的。

反之，孩子没有教育好，会影响家长的工作，还会影响别人，

影响社会。

我曾经在贵州遵义某公司演讲，题目是"现代企业的管理创新"，对象是管理者。第一天讲完后，该公司的赵姓领导在第二天为我安排了一场特殊演讲："培养高情商孩子"，而且让全体员工都来听，还邀请家属来听，并为每位员工发了我写的一本书——《情商成就孩子未来》。

我感到诧异。他说了：如果我们的员工和家属都能把孩子教育好了，他们的"后院"就不"起火"，就能全身心地投入工作、忙事业。

虽然听了我的课、看了我的书，也不一定就能把孩子教育好，但是，我却对这位领导的做法表示认同，并对他肃然起敬！

# (197 家庭与法庭、殿堂

## 家庭，不是明辨是非的法庭，而是感情浓厚的殿堂

家庭主要有三对关系：夫妻、与双方的老人、与自己的孩子（包括收养的孩子），其他关系都是由此派生的。其中，最主要的是夫妻双方的关系。

夫妻双方要知道：家事无对错，只有和不和；商量着办事，争执不要多。

家是讲爱的地方，不是讲理的场所；家庭维系靠情感，不是明辨是非的法庭。

在事业的道路上，在自己的工作中，要做个"明白人"；而在家庭的关系上要装"糊涂蛋"，多一点"糊涂"，就少一点冲突。眼睛里可以装一点沙子，就能多一分和谐。

在家里，很多事是说不清楚、道不明白的。"今天晚上你给我说个清楚"，家里很多事能说得清楚吗？真的都说清楚了，明天就可能各奔西东、劳燕分飞了。

夫妻史，就是一部恩爱史，就是一部感情史，就是一部宽容史，就是一部忍让史，就是一部相互欣赏史。

法律可以保护婚姻，但却管不了感情。

夫妻双方多想对方的好处，多欣赏对方的长处，多体谅对方的难处，多包容对方的短处，千万不要戳到对方的痛处；多关心对方

315

的变化，多发现对方的优点，多讲正面话语，少抱怨，少指责，少误会；尽量培养共同点：共同的人生目标，共同的生活环境，共同的生活话题，共同的兴趣爱好，共同的生活朋友，共同经营好家庭。

　　要知道，两个人能走到一起，同居一室、成为夫妻、组成家庭，结婚、生子、生活，共度一生，既是偶然，也是必然，更是缘分！那真是千年修来的，"千年等一回"！

　　夫妻共同把感情的殿堂支撑好、建设好，是责任、义务，更是一种幸福！

# 198 育子三件宝

育子三件宝：言传、身教、环境好

父母教育孩子，要注重言传，就是要与孩子进行良善沟通。父母要进入孩子的世界，与孩子在一个平台上进行沟通。如果总是想命令孩子、强迫孩子，那就不是沟通，教育孩子也不会有什么成功。

父母对孩子的教育，身教重于言传。榜样的力量是无穷的。要孩子做到的，父母首先要尽量做到；不要孩子做的，父母绝对不能做。父母的一言一行，对孩子的影响很大，许多影响是潜移默化的，甚至会影响孩子的一生，因为孩子在无形地学习、模仿。

父母育子，很重要的是给孩子提供一个成才、成人的环境。什么样的环境，决定了能造就什么样的孩子。父母要把孩子放到一个好的环境中去接受教育，如好学校、好的工作岗位。父母特别要营造一个好的家庭环境，它在很大程度上可以弥补学校、工作单位环境的某些不足。因为学校环境、工作环境和社会环境，父母往往是不能左右、不能根本性改变的，而营造一个良好的家庭环境，父母完全可以办到。

# (199) 情商育子

## 让情商放飞未来的希望，用情商托起明天的太阳

现在的孩子，放在 50 年前，个个都是"神童"。他们的智商越来越高，他们越来越聪明，学东西也越来越快，所谓"长江后浪推前浪，一代更比一代强"。

但是，有不少人感叹，有一些孩子的情商令人担忧：他们每句话都说的是"我"——我要吃饭、给我拿书包、给我拿袜子、给我煮饭、给我寄钱来、给我讲课、给我批改作业、给我安排工作、给我发工资、给我发奖金，等等。好像爸爸、妈妈欠他的，好像老师、领导、别人都欠他似的！

对的，爸爸、妈妈、老师、领导也该做这些事。但是，作为孩子、学生、部下，人家为了我做了该做的事，我也应该有感谢心、感恩心！这就是情商的重点。

父母、老师、领导，对孩子、学生、部下的智商和能力方面的教育很重视，但是，很多人忽视了情商方面的教育，特别是在家风塑造方面。情商教育的投入太少了，整个社会，对孩子的情商教育重视程度非常不够。更让人担忧的是，许多父母、老师、领导不知道情商为何物，自己的情商也不高，更不知道如何用情商教育孩子，从而使得孩子的情商无法得到提高，让孩子更难成才、成人！

老师、父母要重视对学生、孩子的情商教育，全社会也都应该重视对孩子们的情商教育！

# 200 成才成人

## 智商成才，情商成人

人们惊奇地发现，许多高智商的孩子，长大后并没有取得如我们所期望的那样高的成就。

国外有人追踪调查了一些"神童"，我国也有人跟踪调查了一些小小年纪就上了大学的"神童"，不少实情也的确如此。

这并不是说智商高不好，而是片面追求高智商却忽略了情商素养的培养，那就不好了。

世界上形成了一个共识：智商只占成功因素的 20%，情商要占到 80%。在美国微软公司做过高管的李开复甚至说了，在微软，情商比智商重要 9 倍。

2014 年 5 月 14 日，习总书记与大学生村官杨代显等人座谈时，问道："你说智商重要还是情商重要？"杨代显回答："智商情商都重要。"后来，习总书记讲了："情商很重要。"

情商，一般讲是情绪情感方面的问题，是一个心理学意义的概念。但是，人们现在把它与做人、处理人际关系的要素紧密联系在一起了，而且认为情商完全可以促进智商的提高。

教育孩子，既要提高智商，还要提高情商；即便对成年人，也是如此。

智商情商手拉手。

图书在版编目（CIP）数据

让生活爱我 / 曾经主编；曾国平撰文. —重庆：
重庆大学出版社，2016.6（2019.8重印）
ISBN 978-7-5624-9864-3

Ⅰ.①让… Ⅱ.①曾…②曾… Ⅲ.①散文集—中国
—当代 Ⅳ.①I267749.055

中国版本图书馆CIP数据核字（2016）第125979号

## 让生活爱我
RANG SHENGHUO AIWO

主　　编：曾　经
撰　　文：曾国平
装帧设计：张　晗
封面、封底书法：曾国平


策划编辑：敬　京
责任编辑：张家钧
责任校对：谢　芳


重庆大学出版社出版发行
出版人：饶帮华
社址：（401331）重庆市沙坪坝区大学城西路21号
网址：http://www.cqup.com.cn
重庆市正前方彩色印刷有限公司印刷

开本：720mm×1020mm　1/16　印张：20.75　字数：231千
2016年7月第1版　　2019年8月第5次印刷
ISBN 978-7-5624-9864-3　定价：42.00元